O Cão da Meia-Noite

Marcos Rey

O Cão da Meia-Noite

global EDITORA

1ª a 4ª Edições, Editora Ática, 1997
5ª Edição, Global Editora, São Paulo 2005
3ª Reimpressão, 2014

Diretor Editorial
Jefferson L. Alves

Gerente de Produção
Flávio Samuel

Assistente Editorial
Ana Cristina Teixeira

Revisão
Cláudia Eliana Aguena

Projeto de Capa
Victor Burton

Foto de Capa
Romulo Fialdini

Editoração Eletrônica
Antonio Silvio Lopes

Dados Internacionais de Catalogação na Publicação (CIP)
(Câmara Brasileira do Livro, SP, Brasil)

Rey, Marcos, 1925-1999.
O cão da meia-noite / Marcos Rey. – 5. ed. – São Paulo : Global, 2005.

Bibliografia.
ISBN 978-85-260-0995-0

1. Contos brasileiros. I. Título.

05-1235 CDD-869.93

Índice para catálogo sistemático:

1. Contos : Literatura brasileira 869.93

Global Editora e Distribuidora Ltda.
Rua Pirapitingui, 111 – Liberdade
CEP 01508-020 – São Paulo – SP
Tel.: (11) 3277-7999 – Fax: (11) 3277-8141
e-mail: global@globaleditora.com.br
www.globaleditora.com.br

Obra atualizada conforme o **Novo Acordo Ortográfico da Língua Portuguesa**

Nº de Catálogo: **2581**

Sumário

Nota Explicativa

Com a publicação de *O cão da meia-noite*, a Global Editora relança mais uma coletânea de contos de Marcos Rey, no passado organizados pelo autor em diferentes obras, saídas ao longo do tempo por editoras diversas.

Neste volume figuram algumas narrativas também presentes em *O enterro da cafetina, Soy loco por ti, América!* e *O pêndulo da noite*. O conteúdo dos textos não coincide, porém, entre uma e outra reunião, pois o autor constantemente os revia antes de cada edição, inserindo neles pequenas alterações.

O propósito da Global Editora, ao reproduzir com fidelidade os passos da elaboração desses contos, é permitir ao leitor uma visão completa do percurso de sua criação por Marcos Rey, um de nossos maiores ficcionistas contemporâneos.

Esperamos, com essa empreitada, prestar um justo tributo à memória do autor, e um serviço a seus admiradores.

Os editores

Eu e meu fusca

Ah, eu e meu Fusca! Aquele reclame da moeda forte me pegou! O Fusca é um carro pequeno, e eu, quando embarco, fico pequeno também, não no tamanho, mas na cachola, se me entendem. Dentro do carango viro garoto, o mesmo que fui no Instituto, embora sem ninguém pra me chatear ou ficar espiando. Com três aulinhas mixurucas eu já guiava esta joça como veterano e tirar a carta foi uma moleza. Sou demais na direção. Medo de correr não tenho, e se um dia tiver que me estrepar que seja com o distintivo da VW cravado nos intestinos. Mas nesse dia espero que vejam meu tesouro com todos os acessórios bacanas das lojas da Duque.

– Eh, Januário, aposto que nem precisa trocar o óleo.

Estou na bomba de gasolina e o Januário é o cara de lua cheia que sempre me atende. Conhece meu Fusca à distância e agita no ar sua camurça amarela. Disse que não há na cidade Volks mais limpo e melhor equipado que o meu. E é verdade. Trato dele com todo o carinho, como gente. Um dia me funde a cuca e boto leite no tanque de gasolina.

– Janu, o que há com aquele Gordini? Está lhe enchendo o saco, não? O que adianta ganhar corrida até no gelo se vive com pneumonia? Veja a calibragem, Cebolão. Hoje vou faturar uns duzentos. Não, nada de Santos. Quem gosta de areia é siri. Meu negócio é o asfalto. Esta cidadona tem visgo. *Ciao*, Janu. Diga ao dono do Gordini que ele caiu no conto das quatro portas.

Ligo o rádio. Manja o som. Até na São João, com todos aqueles prédios, já peguei o Rio de Janeiro. Querem ver os faróis de neblina? Custaram uma nota, mas são os melhores da praça. Observem agora os frisos laterais, como brilham! Meu carango é o mais badalado que existe. Hoje ninguém adivinha que já foi um pé de boi, comprado em fila. Veio nu e tive que vesti-lo como um enjeitado, como fizeram comigo no Instituto. Olhem o Mug balançando. A mãe dele tomou talidomida, mas dá sorte, como garante aquele crioulo pilantra da televisão. Experimentem as portas. Batem sem pena. Neca de barulho, companheiro. Ele é todo assim, macio e silencioso. Às vezes, por gozação, dou um pulo à zona dos marreteiros, em marcha lenta, pra pôr água na boca dos caras.

– Quer vender?

– Quer vender?

– Quer vender?

Vou parar para aquele nanico, morem.

– Gostou da pinta do carango, Meio-Quilo?

– Pago seis à vista, meu chapa.

– Seis dê pra mamãe.

– O quê?

– Tire a mão do meu Fusca, Amendoim.

Subo a Eduardo Prado, indo ao Pacaembu. Não pensem que me complexo diante dos Itas e Mercedões. O meu vermelhinho brilha mais do que eles e tem personalidade própria. As pequenas manjam ele com o rabo dos olhos. Há uma gorducha que mora naquela rampa, a mais gamada de todas. Fica toda acesa quando meu Fusca aparece. Quanto às domésticas, Márias, Marias e Mariás, pegaria quantas quisesse, se trabalhasse com esse artigo. Não é pras fuleras que embandeiro meu besouro. Vou fazer aquela curva diante do estádio só pra sentirem a direção. Manobro com este dedo. Vejam lá o sorveteiro baiano que se encagaça com minhas brecadas. Pensa que sou matusca.

– Tem sorvete de vatapá, Bom Baiano? Olhe, dê um de morango, mas só pago se cantar *Na Baixa do Sapateiro.*

No começo ele cantava. Este cabelão e os anéis assustam os pacatos. Piso para a Paulista, chupando sorvete. Passa um Galaxie por mim, guiado por um turcão, com uma dona do lado. Não concordo: arranco na frente do bacanudo e vou tranquilo, segurando o tráfego, sem ligar a mínima para as buzinas. Pra que pressa, seu Libório? Estou apenas exibindo os frisos e ouvindo a Pan. Falta ainda muito para anoitecer e acho que darei uma parada na pensão pra beijar a nuca de D. Itália, ela me ama.

Hoje é gostoso, folgado, mas foi uma luta comprar este Fusca. Lembram aquela música: "Pra ter fonfom trabalhei, trabalhei"? O cara deve ter se inspirado em mim. Desde os tempos do bar, servindo os pinguços e passando o pano no mármore, já ajuntava as manolitas. "Caixinha, obrigado!" Talvez vocês devam ter me dado gorjetas, me ajudado a comprar o besouro. Para economizar, até apanhei uma onda de dormir nas praças. Daí esta tosse de cachorro que D. Itália não consegue curar.

Paro diante da pensão, uma casa bacanérrima, com jardim na frente e pintada de novo. Moro no andar de cima, naquele quarto que está com venezianas abertas. Antes tinha um companheiro meio biruta que agora trabalha como palhaço na TV. Chamava ele de Shazan! porque aparecia e desaparecia de surpresa. Quando Shazan! se mudou, D. Itália, que apelidei de D. Península, fez um abatimento no aluguel e fiquei sozinho. O Fusca guardo debaixo da basculante. Como sempre, saio do carango e entro pela cozinha para filar alguns bolinhos ou pastéis. Entro com pé de veludo e dou um beijão de estalo na nuca da referida.

– Ai! Que susto!

– Qual é o petisco, tia? Camarão?

– Só sirvo na mesa.

– Unzinho, D. Península. Prometo deixar para os outros.

Certamente não sou o único hóspede! D. Itália é viúva e precisa faturar sem fazer da casa uma cabeça de porco. Embaixo mora um casal de balzaques que acompanha a tia há vinte anos. Em cima tem um encalhado, três estudantes barulhentos num quarto, um cabeleireiro na despensa e eu belo belo no quarto da frente. O solteiriço daria até o rabo pra me desalojar, mas eu que sou o queridinho da dona da casa.

– Mirou os frisos novos do meu Fusca?

– Vi quando saiu.

– É ou não é o besouro mais enjoado da Pauliceia?

– Você me pergunta isso todo santo dia.

Como um bolinho, depois outro, mais pra ficar com a velha, que precisa de companhia e de agrados. Coitada, só tem os inquilinos. Se algum dia acerto uma acumulada, dou a metade pra ela.

– A senhora tem jornal?

D. Itália olha ao redor; esteve lendo, mas não sabe onde pôs. Aponta para o pequeno jardim de inverno. Vou lá e vejo o jornal nas mãos do encalhado, um sujeito misterioso, desses tipos que vivem em pensões e hotéis mambembes. Queria ver a página de cinema, mas o Lobisomem não larga o jornal, dobrado em quatro partes em suas mãos peludas. Já perceberam minha queda pra botar apelidos? O Lobisomem é o solteirão, sempre molhado de orvalho, pois é na madrugada que se transforma em cachorrão para fazer das suas. Já tive até pesadelo, de barriga cheia, perseguido por ele na floresta, a sentir no pescoço seu bafo de bolinho de bacalhau.

Agora quem surge no jardim de inverno, de robe chocolate, é o Cary Grant, o mais velho hóspede da Itália, sujeito simpático, com tarimba de vida em conjunto. Está sempre pedindo ou oferecendo cigarros e tomando seus tragos escondido da mulher, a Betty Davis. Ele e a mulher são boa gente, legais paca.

– O que há sobre o atirador?

O Lobisomem está justamente lendo sobre.

– Ainda não pegaram.

– Tem retrato falado?

– Como, se ninguém o viu?

– Quem foi a última vítima?

– O coitado dum pau de arara. Sempre escolhe gente assim, molambos sem eira nem beira.

Enquanto continua com essa conversa, não posso ver a página de cinema. Sou doido por um bangue-bangue bem quente. Subo para meu quarto, sempre limpo. Logo se vê que D. Itália esteve aqui. Sou um relaxadão. Cuidado, só tomo com meu Fusca. Largo-me na cama e abro o criado-mudo onde guardo o álbum com os anúncios de Volkswagen. Alguns sei até de cor. Coleciono desde meus tempos de garçom. Graças a Deus tenho hoje o meu Fusca, mas dou graças também a ter entrado na corretagem. Sou bom de papo e tive sorte na profissão. Ainda esta semana, vendi uma quitinete para uma puta aposentada.

Lavo o rosto, ajeito o blusão de couro e desço para o jardim de inverno. O Lobisomem e o Cary Grant ainda falam do atirador. A eles junta-se agora o Clô, o cabeleireiro.

– Mas ninguém viu a cara dele? – indaga a bicha.

– Quem viu morreu – respondeu Cary.

– Mesmo quem morreu não viu – corrigiu o encalhado. – Ele atira à distância.

– Mas por que mata? – arrepia-se Clô.

– Para se divertir.

D. Itália aparece na porta, avisando que o jantar está pronto. Nem sempre janto na pensão, principalmente aos sábados, mas estou interessado nos bolinhos de camarão, apesar da sede que vem depois. Na mesa, os hóspedes só falam de crimes. O Lobisomem tem uma memória bárbara para crimes os mais misteriosos.

– Ainda se diz que os piores crimes se cometem em Londres! Invenção dos romancistas. O próprio Jack Estripador é ama de leite perto dos nossos.

– Os ingleses fazem muita propaganda do *fog* – diz Betty. – Pura atração turística!

– Vamos mudar de papo! – protesta o Clô, horrorizado.

Odeia qualquer tipo de violência, o lindo.

Cary Grant tem seu ponto de vista:

– Olhem, talvez o homem seja adepto da eutanásia. Apenas mata os que sofrem. Falo dos doentes sociais, dos párias. A intenção neste caso é boa.

– Você defende um tarado desses? – escandaliza-se a mulher.

Nem ouço a conversa mole, engolindo os bolinhos. Avanço na jarra de refresco de cenoura. Qualquer refresco para mim é bom. O que não topo mesmo é bebida alcoólica, a não ser Malzbier, que é docinha. Não vou esperar pela sobremesa, já com saudades do besouro.

– *Ciao*, tia!

Dou um beijo de despedida na velha, sob o olhar gozador do Lobisomem, que é incapaz de agradar uma pessoa. Já o Cary Grant e esposa ficam sensibilizados quando trato assim a Península. Passo os dedos nos cabelos do Clô e saio da sala, levando o último bolinho.

Lá está meu cavalo vermelho sob a basculante! Quando estava no Instituto, acompanhei um seriado de Buck Jones, *O cavaleiro vermelho*. Hoje sou dono daquele cavalo. Marcha a ré e ganho a rua. Já é noite e gosto mais da noite. Como é que vocês guiam? Eu costumo pôr todo o braço esquerdo pra fora e só dirijo com a direita, meio caído pro lado. Um jeito casual de quem está fazendo uma coisa à toa, sem aquilo de "dez para as duas" que ensinam na autoescola. Buck também montava largadão, como se estivesse numa poltrona. É essa minha panca que atrai as gatas. Sou o mesmo, assim à vontade, quando levo os fregueses a ver os imóveis. Pode sentar o presidente da República a meu lado e continuo a guiar nesta toada. O Prestanudo, da imobiliária, é que se implica. Diz que guio como se estivesse baratinado. Mas o fato é que os fregueses vão com minha cara e fazem negócio.

– Jornal, patrão?

Fico por conta com esses jornaleiros que querem empurrar jornais para quem está guiando. Já tapei o olho dum com uma cuspida. Vejo o título: "Toda a polícia na caça ao atirador" .

– Me dá um, flagelado!

Vou em frente para o centro. Há tanta fila nos cinemas que perco o tesão de assistir a um bangue. Cinema aos sábados não dá pé. O melhor, acho, é dar uma flertada com a gorducha da rampa do Pacaembu. Ela costuma ficar no jardim do palacete à noitinha. Como o trânsito é lento, ergo o jornal, iluminado pelo farol do carro que me segue. Não dá pra ler nada, volto à antiga posição. Enfio o Fusca entre um Aero e um Desoto caindo aos pedaços. Me saio bem. Os dois motoristas se assustam e morro de rir. O que faz esse maldito Mercury na minha frente? Quase encosto nele para acordar o folgado. Livro-me da São Luís, vou pela Bela Vista, 9 de Julho e depois Pacaembu. Olhem o estado desse Cadillac, um rabo de peixe dos anos 50. Teria vergonha de guiar um troço assim. Meu Fusca não tem um risquinho sequer... Minto. Já levou uma trombada.

Acho que foi a única vez que chorei na vida. Eu tinha descido do Volks pra tomar um sorvete. Ia dar a primeira chupada quando ouvi o barulho. Um diabo de Interlagos batera na traseira do meu. Vi o amassado e perdi a cabeça. O dono do Inter tinha o dobro do meu tamanho, mas tentei arrancar ele pela janela. Aí a turma do deixa-disso entrou e me segurou os braços. Mas ainda eu tinha gás: soltei os pés no estômago do fulano. Pra encurtar a história, veio um guarda e o dono do Inter me deu uma nota. Mas não pensem que me alegrei. Aí que houve o vexame, pois me larguei da calçada e comecei a chorar como um bebezinho. Uma porção de pessoas me rodeou, pra me ver chorar, e eu não me mancava. Foi uma senhora de boa-pinta que me levantou da calçada. Nem olhei pros lados: saltei no Fusca e corri pra uma especializada. Besteira! Estava fechada. Sabem o que fiz? Encostei o carro e dormi dentro dele até o dia seguinte, quando abriram a oficina. Puxa, só eu sei como enchi os sapatos do pessoal da funilaria!

Já estou perto da rampa do Pacaembu, onde mora a tal gorducha bunduda. Faço a volta no estádio, emparelho com um autoescola, cruzo diante dele para dar uma gozada e subo a rampa fazendo os pneus rangerem. Diabo, acho que tenho a falada intuição. Vejo atrás de um portão, num jardim, um balãozinho de São João pronto para subir. É ela! O vestido tem listras, por isso me lembrou um balão. No duro que não sou muito traquejado para abordar pequenas e não gosto nada de levar o contra. Nem meu Fusca me curou disso, mas essa gorducha não posso perder, ela me dá bola há meses.

Paro o Fusca e sorrio para a tal com cara de James Dean. Faço sinal pra que ela se aproxime do carango. O balãozinho responde com outro sinal, para que eu estacione mais adiante. Atendo, é claro. Agora a banhuda vem e meu relógio dispara no peito. De perto, é ainda mais gorda, pele lustrosa, e tem cara de quem já deu.

– O que você quer?

– Me deu na telha de convidar você para um giro. Topa?

– Estava esperando meu namorado – mentiu.

– Estava, mas não está mais. Entre.

Com que folga ela entra no Fusca, cheirando como uma rosa, uma rosa gorda, meio mole, sorridente e vermelhuda. Ponho o carango em movimento e começo o interrogatório naquela base.

– Como é seu nome, bonecona?

– Suely.

– Não gosto, é pequeno demais. Parece que você nasceu magra e depois foi engordando. Vou chamá-la de Mariângela, é um nome que dá trabalho à boca.

Ela riu e o riso saiu comprimido pelos seus setenta quilos.

– Para onde vamos, Henrique?

– Não me chamo Henrique, bonecona.

– Ora, não mudou meu nome? Vou mudar o seu.

– Henrique até que é bom. Ainda não conheci ninguém com esse nome, a não ser nos livros escolares. Há sempre um Henrique, lembra? Mas, voltando ao assunto, o Fusca resolve onde a gente vai.

A gorducha é uma garota sossegada. Ajeitou-se no banco, displicente, com a boca entreaberta. Está levantando o rabo porque se sentou sobre uma coisa: ah, o jornal!

– Você também quer saber quem é o Atirador, Henrique?

Pegou o jornal, dobrou-o e tentou lê-lo. Só pra brincar, fiz uma curva fechada, desequilibrando-a. Caiu em cima de mim, rindo, e desistiu da leitura. Estou sentindo seus cabelos no meu rosto, mas ela já retorna ao seu ponto de equilíbrio. Garota matusca, essa, toda solta, dona do seu nariz e provavelmente sem horário para voltar.

– Você é o que naquela casa, Mariângela?

– Estou passando uns meses com meus tios. Sou do interior, sabe? Mas eles são camaradas e não se incomodam se dou um passeio.

– Como eu chamo mesmo?

– Henrique.

Dirigi uns dez minutos ou mais em silêncio, só desviando o olhar para as coxonas dela ao meu lado. As gordas são tranquilas e aquela era uma gorda que flutuava. Acho que já a vi num desses anúncios de rua como reclame de fortificante, toda colorida, com uma colher de sopa na mão. Desci toda a avenida Pacaembu, tomei a rua das Palmeiras e num instante retornei ao centro, costurando o tráfego com aquela classe que Deus me deu. A gorda não tem medo das guinadas do meu Volks, apenas sorri com minhas valentias, sem olhar-me.

– Quer conhecer tia Itália? – pergunto. – Vamos até lá tomar um licor de cereja. Não diga que não, Mariângela.

Não esperei resposta para tomar o caminho, e agora já estou perto da pensão sem que essa resolução provoque a menor reação na garotona gorda da rampa, que se abana com o jornal e brinca de encaracolar os cabelos.

Quando brequei diante da pensão, a gorda olhou com tanta naturalidade para o sobradinho como se morasse nele comigo. Até achei graça, mas ela, sem saber do que ri, já está me acompanhando ao interior da casa. O Lobisomem ainda está no jardim de inverno e fica espantado: em menos de uma hora saio e volto com uma pequena. Deve estar com inveja, o encalhado. Meu rumo é a copa.

– Aqui que mora D. Itália?

A dona da pensão, que enxugava pratos, volta-se, me vê com a gorducha e sorri enormemente. Como essa mulher sabe rir!

– Quem é a beleza?

– É a Mariângela. Encontrei ela rolando numa rampa.

Foi instantânea a simpatia que nasceu entre as duas, como a partida rápida do meu Fusca. Abraçam-se, a Itália já desfiando seu rosário de elogios para mim, apenas me chamando de desmazelado. Diz que atiro no chão as toalhas de banho usadas e que sujo mais camisas que qualquer pessoa no mundo. Apesar de tudo (está dizendo) sou de fazer feliz qualquer moça direita.

Cary Grant põe a cara na cozinha. Vocês bem sabem como o Cary é. O mesmo que trabalhou tão bem em *Aventureiro da sorte* e que ri porque o contrato obriga.

– Você começou bem a noite.

– Este é o hóspede mais velho.

Mariângela estende-lhe a mão mole e amiga.

– Muito prazer, senhor.

Cary diz que teve na juventude uma namorada igual a ela. Fazendo graça, convida Mariângela para fugir com ele. As banhas da gorducha tremem de tanto rir.

Betty Davis aparece na porta da copa; o marido, sem se surpreender, apresenta-a como simples conhecida, provocando mais risada de todos nós.

– Senhorita, este homem é casado – asseverou a veterana, dentro da brincadeira. – E eu conheço sua esposa tão bem como a mim mesma. Mas, se quiser lhe fazer um favor, fuja com ele. Fará um péssimo negócio!

D. Itália, que sempre está servindo alguma coisa, serviu o refresco de jarra. Estava comovida com meu sucesso e gostando da bonecona. É melhor assim, quando todos estão de acordo. Até o Lobisomem, com seu robe vermelho, apareceu, mas preso ao assunto antigo.

– O jornal diz que o tal funciona de carro. Por isso que não o apanham.

– Um atirador motorizado?

– Atira e foge.

– De que marca é o carro?

Abraço Mariângela para mostrar-lhe a casa, menos meu quarto, para que não pensem mal da moça. Apenas entro para apanhar meu álbum de recortes, que vou lhe mostrar no jardim de inverno. Leio alguns anúncios para ela, como fazem os locutores de televisão. A seu pedido, releio aquele anúncio do "O Fusca vai às corridas", que é uma gozação ao Gordini. Ela está junto de mim, com a coxona colada à minha e o rosto a uns três dedos do meu.

– Como você lê bem, Henrique!

– Nunca li um anúncio do Fusca que fosse ruim. Gosto muito daquele da Kombi, cheia de lutadores.

– Muito bem bolado, não? Tive um namorado que trabalhava em agências de anúncios. Ele era um cara bacana.

D. Itália aparece no jardim de inverno.

– Pra quando é o casamento?

Pela primeira vez fiquei sem jeito e olho para Mariângela, acho que corado.

– Pra quando ele quiser – responde a gorducha.

Sou magro, mas adoro essa calma das pessoas gordas. Nenhuma moça magra falaria assim, logo na primeira noite.

– E você, o que diz? – pergunta a Itália.

– A mesma coisa. Caso logo, se a senhora fizer um abatimento no aluguel.

– Claro que faço! Apenas dobro o preço das refeições.

– Negócio feito.

Quem se levantou primeiro fui eu, pois Mariângela parece disposta a continuar aqui, já amiga de todos, com exceção do Lobisomem. Contei a respeito dele, que matara a noiva e a enterrara num quintal, e que um dia a polícia aparece para prendê-lo.

A bonecona deu quatro beijos nas faces da D. Itália, beija Betty Davis, dá um grande abraço no Cary Grant, que renova o convite para a fuga. A pensão é gostosa, mas é melhor ainda estar dentro do Fusca, passeando pela cidadona.

Agora Mariângela já se encosta em mim. Seu peso em meu lado direito me agrada. Ela parece uma *big* bola de assoprar que tivesse entrado pela janela do carro na passagem por um parque de diversões. Sinto sua respiração, que lembra um pouco ginástica pelo rádio diante da janela. Às vezes, eu olho pra ela, ela me olha e a gente continua em silêncio. É incrível que em três horas já podemos ficar calados e nos entender. Vou onde o Volks quer ir.

Uma hora depois, Mariângela pede:

– Me dá um sorvete?

– Só se me der um beijo.

– Detesto beijar com a boca seca.

Foi a gorducha quem começou, me cobrindo todo com seus braços gordos, lisos e fortes. Não imaginava que gostasse de beijos como gosta de sorvetes. Beija com a mesma gulodice, com aquele ritmo excitante das colhedoras. Exagerou tanto no sorvete que sua boca ainda está gelada, seus dentes, sua língua e seu hálito de morango. Mas com a insistência e os movimentos de sucção a coisa vai esquentando. Passo do inverno para o verão, e isso me dá a impressão gozada de que a beijo há seis meses. Ou em toda uma viagem de São Paulo para Pernambuco.

Mariângela me empurra e faz uma pergunta:

– Onde fica o Jardim Paulistano?

– Por quê?

– Tive um namorado que morava lá.

A conversa nesse ponto volta ao passado, acho que estou com ciúme. Quero saber se teve muitos namorados, como eram eles e se já ficara noiva. Coisas que os namorados sempre perguntam no primeiro dia.

– Já tive uma porção – ela confessa com aquela sua naturalidade. – Todos uns bolas murchas. Não lembro nem o nome deles. Os mais espertos se contentavam em bolinar. Esse que morava no Jardim Paulistano ao menos tinha umas coisas boas. – E começa a rir com um arzinho de mistério que me deixa interessado.

– Que coisas boas ele tinha?

– Coisas boas que seriam más para muita gente.

– Exemplo.

– Quer um exemplo?

A bonecona custa a falar e logo descubro que não quer mesmo falar. Tenho que espremê-la contra a porta do Volks para que me conte o que aconteceu.

– Se não falar, deixo você aqui e vou embora.

– Mas é um negócio tão bobo!

– Vocês metiam?

– Bem, quase, você entende... Mas é isso que eu quis dizer. Falo de uma tarinha que ele tinha e eu também. Muitas noites saíamos só para isso. Ele passava na rampa, buzinando, e eu entrava correndo no seu Impala. Que garotão malvado, meu Deus!

– O que ele fazia?

Mariângela conta que uma noite iam por uma rua quando o Impala atropelou um gato. Isso não foi nada, mas três dias depois aconteceu a mesma coisa. Ela achou graça na coincidência, porém o tal, com cara de diabo, disse que fazia isso quase todas as noites. Não podia dormir se não atropelasse um gato com seu carrão. Mariângela não se escandalizou e confessou também gostar do barulho seco que o para-choque fazia quando batia nos gatos. Depois, havia nisso uma certa técnica, exigia precisão e golpe de vista, pois os gatos eram muito ligeiros e se o motorista hesitasse uma fração de segundo o bichano se safava. O moço do Jardim Paulistano era um mestre na brincadeira. Mal via os olhos brilhantes do gato, dirigia o carro lentamente em sua direção, e só nas proximidades dele é que usava o acelerador com toda fé e certeza. Durante uns três meses, Mariângela vira apenas uns três ou quatro fracassos. Infelizmente, ela lamentava, o moço do Impala deixou de apanhá-la na rampa. Se costumava ficar no jardim da casa era na esperança de que uma noite ele reaparecesse.

– Você está chocado? – ela perguntou. – Vai ficar zangado comigo?

– Nada tenho contra ou a favor dos gatos, mas acho isso de matar animais uma covardia. Para seu namorado só havia o perigo de quebrar um farolete...

Mariângela pareceu-me doida.

– Era excitante, Henrique! Fiquei viciada!

Baixo a cabeça:

– Gostava do tal apenas por causa disso?

– Acho que sim, embora ele beijasse muito bem depois de matar os bichanos.

– Gostava mais do que dos outros namorados?

Ela balançou a cabeça como uma molecona:

– Os outros nunca me divertiam. Não sou fanática por cinema e um rapaz que só fala de futebol está queimado comigo. Houve um, rei dos chatos, que tocava órgão na igreja. É possível a gente sair com um tipo assim?

Acaricio os cabelos de Mariângela. Bonecona triste, olha-me à espera de meu perdão. Giro a chave, já engato a primeira e deixo o muro para trás. Descobri um belo lugar para beijar garotas, caso Mariângela não me queira mais. Agora há menos movimento nas ruas. Como o tempo corre na companhia dessa moça gorda. Ofereço um cigarro, diz que não fuma. Melhor assim, sua boca estará sempre fresca para os beijos. Beijar para ela é uma necessidade, não um vício, como são o fumo e a bebida. Pergunto-lhe como são os seus tios.

– Um casal de velhos que apenas quer uma coisa: que eu me case. Querem se ver livres de mim.

– Vocês se dão bem, como eu e D. Itália?

– Menti algumas coisas, Henrique. Os velhos não são meus parentes. Eu morava no interior até o ano passado, com mamãe, quando ela morreu de câncer. Esse casal era amigo de meu pai. Com medo de ficar só, escrevi para eles, e me aceitaram. Sou uma espécie de dama de companhia da mulher, que chamo de tia. Mas ela não precisa de dama de companhia, é até muito ativa. Quer que eu me case para me espiantar dali.

– Foi bom não ter casado até agora.

– Por quê?

– Porque podemos nos casar.

A bonecona ficou alegre e jogou seu braço gordo em torno do meu pescoço.

– Não está com raiva de mim?

– Raiva? Por quê?

– Por causa dos gatos... Não quero mentir mais pra você. Eu não ficava do lado dele como uma tonta. Participava, entendeu? Às vezes, eu é que via o bicho e cutucava o braço do meu ex. Estava até querendo entrar numa autoescola para ficar no volante. Tinha a impressão de que ele gostaria ainda mais de mim se eu aprendesse o jogo.

– Chega de falar nisso.

– É feio?

– Não se deve falar das coisas que dão prazer.

A bonecona está me olhando; não lhe pareço um homem capaz de matar gatos, mas só o fato de entendê-la já é alguma coisa. Acho graça; apesar do tamanho, toma a forma de uma gatinha querendo carinhos. Contorno uma pracinha cujo nome nunca posso gravar, sigo por uma rua escura e arborizada.

– Gatos! – exclamo, estourando de rir.

Piso o acelerador, olhando de soslaio a gorducha bonecona com a qual pretendo casar-me no mês que vem. Travo uma conversa sobre papéis que os cartórios de paz exigem. Como é barato amarrar-se definitivamente a uma mulher. É muito mais caro e encrencado tirar uma carteira de motorista.

Mariângela tem uma ideia!

– Que tal se fizéssemos a lua de mel viajando por toda a América do Sul... A própria Volkswagen poderia patrocinar.

– Tire isso da cachola!

– Mas a gente arrecadaria fundos para a construção de um hospital!

– Você quer dizer hospitais para gatos?...

A bonecona estourou numa gargalhada e me senta tamanha palmada nas costas que quase vomito o coração.

– Isso é humor negro, Henrique.

Ela continuou rindo, baixinho e prolongadamente, como uma risada em quarta marcha numa estrada de asfalto. Bolei aí outro apelido para minha coleção:

– Mariângela Mata-gatos.

– Não goze, benzinho.

– Agora é tarde, Biotônico, você já é Mariângela Mata-gatos.

– Não vá espalhar a história na pensão.

– Meus apelidos são para meu uso. Nunca chamei o Lobisomem de Lobisomem.

A gorducha me abraçou de novo, pesando os setenta quilos sobre meu esqueleto.

– O Lobisomem... É verdade mesmo que enterrou a noiva?

– Se não enterrou, ela está embalsamada no seu quarto.

Tudo é motivo para gozação com a Mariângela Mata-gatos. Rindo pra burro, passamos pela Brigadeiro e na Augusta quis que os últimos *playboys* me vissem, no Fusca, com a bonecona repousando no meu ombro.

Depois de muitas e muitas voltas a gente nem sabe onde está mais. E eu no duro não sabia ao ver o Carlito sair de um bar de esquina, bebum, e descer uma ladeira perigosa para ele. O Carlito é o Carlito mesmo, embora sem a cartola e a bengalinha, o chato que a gente vê na televisão. A moçona ainda pesa no meu ombro, me obrigando a dirigir com a esquerda.

– Você está me adormecendo o braço e vou precisar dele.

– Desculpe, meu noivo.

– Desculpada, Mata-gatos.

Mariângela abriu a janela do carro e respirou forte.

– Quase caio no sono, mas esse ventinho me acordou.

– Por isso que gosto de você, é resfriada a ar, como o Fusca.

Ela me dá um beijão.

– Gosto de gente engraçada.

– Lembra do Carlito?

– O da bengalinha?

– Acha graça nele, Mata-gatos?

– Para mim é lixo.

Chegamos a uma praça arborizada. Felizmente, nenhum carro estacionado. Procuro um ponto favorável para parar. Paro e acendo um cigarro, apenas um pouco nervoso. Na verdade, não fumo quando estou calmo.

– O que vamos fazer aqui?

– Esperar um gato.

– Quer que eu procure? – pergunta ela, erguendo o corpo, toda entesada.

Enfio o polegar entre suas nádegas; ela dá um pulo e bate com a cabeça na capota.

– Ai!

– Fique sentadinha.

– Não quer um gato? Manjo um de longe.

– Já sou grandinho, Biotônico.

– Está certo, menino bonzinho. Não é preciso. Se quiser posso até arranjar um pra morar conosco depois do casamento.

Brinco com seus cabelos pretinhos e leves.

– Cães e gatos são para velhos solteirões. O Lobisomem não tem cão porque ele é o próprio.

Ela me olhou terna:

– Quer filhos?

– Evidente, moça. Você com esse corpão deve poder fabricar uma porção deles. E quando crescerem vou dizer: "Meus filhos, lamento informar mas sua mãe é a famosa e procurada Mariângela Mata-gatos" .

A bonecona começou a rir quando vi o Carlito chegando ao final da ladeira. Lanço um olhar pela praça e não vejo ninguém, a não ser um velho Ford que acaba de atravessá-la. O ex-comediante vem vindo caçando frangos, a arrastar os sapatões. Assim a tarefa é mais difícil e melhor. Ao passar diante do meu Fusca, uns vinte passos na frente, ligo os faróis. O jato assustou e irritou o mísero pedestre. Mariângela segurou o riso entre os lábios. O homem se vestia de trapos e pelo aspecto se apagaria no próximo inverno. Bronqueado, mais ainda se parecendo o Carlito, quis até dar panca de sóbrio, apressando os passinhos. Mas não saía do lugar, como nos pesadelos.

Jogo o braço pra trás e tateio a espingardinha, escondida junto ao assento. Num gesto rápido, coloco-a na posição correta, como ensina o manual. Cravo o olho na mira sem tomar conhecimento de Mariângela, que sentiu a importância do silêncio naquele momento. O primeiro balaço deve ter acertado no fígado, pois Carlito saltou como se atingido pelos chifres dum touro. Armei o brinquedo de novo, miro e agora mais estabanadamente faço o segundo disparo. Classe é classe. Não esperava atingir o artista na cuca, que ficou vermelha como uma rosa atirada com bronca. O corpo tocava no chão, como um boneco que se desarmasse, e eu já dava a partida, mas de marcha a ré, o que atirou Mariângela contra o banco. Ré, primeira, segunda, terceira e voo. Os primeiros minutos pedem toda concentração. Pressa, mas não loucura. Bastante segurança e perícia, depois a calma. Nessa retirada que eu sou o quente. A prova é que até agora apenas uma pessoa disse que o Atirador usa carro, provavelmente Fusca.

A primeira reação de Mariângela é um "uff", com o carro já misturado com outros numa rua de Santa Cecília. Continuo a dirigir olhando pra frente, bem tranquilo porque uma mulher ao lado tira toda a suspeita.

– Vou levar você pra casa – digo com medo de que ela não queira mais me ver.

– Será que alguém viu o carro?

– Acho que não, bonecona.

Subo a rampa do Pacaembu, certo de que a gorducha não está encagaçada. Paramos à porta do sobrado, todo às escuras. Volto a sentir a cabeça de Mariângela em meu ombro. A bonecona morre de sono. Boceja, assopra e depois aspira todo o ar da rua. Dá-me um beijão no rosto já com gosto de saudade. Seus olhões ficam pequeninos, ajaponesados pela vontade de dormir. Passo a mão nos seus cabelos, não serei mais um Lobisomem solitário como o cara da pensão.

– Amanhã telefono pra pensão – diz-me ela.

– Não me faça esperar, Mata-gatos.

A gorducha riu, desajeitada.

– Você deve ter me gozado, não?

– Puxa, se gozei, Mata-gatos. Minha Mariângela Mata-gatos...

A bonecona abriu a porta do Fusca e deu uma corrida até o portão. Mas não entra logo, não entrou ainda. Está acenando sua mão gorda até que meu carro desaparece.

O cão da meia-noite

Para
Virgínia Ebony Spots,
um ser humano da família dos dálmatas

1

Estou andando rente à parede e é meia-noite. Não é para resguardar-me da garoa nem por receio da polícia. Persigo um cão molambento que vi passar quando tomava conhaque num boteco da Boca. Já resolvido, tirei dinheiro do bolso, joguei-o no balcão e saí às pressas. Não me perguntei por que, nem havia tempo. Talvez um estranho caso de simpatia espontânea. Lembrei-me daquele camelô corcunda de quem eu comprava jogos de papel para divertir os amigos. Nada mas inútil para mim. O mesmo ou muito mais me despertou aquele cão preto e branco de andar rasteiro e orelhas mansas que num instante cruzou a porta iluminada do bar.

Onde iria aquele cão, nos seus passos tranquilos, na primeira hora da madrugada? Seria interessante investigar. Fui atrás dele com medo de assustá-lo. Piso a calçada de leve e quase roço o ombro na parede. Certamente logo me ocorreu que não tinha residência, portanto não estava a passeio. Raro é o dono que permite ao seu cão sair de casa àquela hora da noite sozinho. Eu jamais consentiria. Na esquina, o animal atravessou a rua. Embora temendo revelar-lhe minha intenção, fiz o mesmo. Tive a impressão de que voltava para casa, e lamentei isso. Apressei o passo, caminhando ao seu lado, como um transeunte qualquer. Possuo certa habilidade para não fazer-me notar. E realmente ele não deu por mim, prosseguindo em seu andar miúdo e descuidado, muito à vontade. Mais próximo, pude examiná-lo melhor. Tinha a pinta lamentável de cachorro velho, o pelo sujo e enfermiço, o rabo apático, sem vitalidade, e um olhar impreciso de filósofo desacreditado. Seu aspecto geral era ainda pior que seus traços particulares, um animal maltratado, sem afeto e não muito distante da morte.

Passamos os dois diante de um cinema; vi-o à luz do neon justamente no momento em que a iluminação se apagava. O cão entrou numa ruazinha que levava à avenida São João. Irritei-me, pois numa via tão movimentada, mesmo depois da meia-noite, seria mais difícil travarmos contato. Na avenida, o molambo parou no meio-fio olhando os carros passarem. Tive a certeza absoluta de que pretendia suicidar-se. Vocês concordariam se visse seus olhos nublados e introspectivos, o seu corpo magro e indefeso.

Coloquei-me bem a seu lado para impedir qualquer loucura. Meu pensamento era trágico demais. O cão simplesmente aguardava, paciente, uma oportunidade para atravessar a avenida e o fez. Evidente que o imitei, já nem sei mais se por curiosidade. Mas o que desejava ele do outro lado da avenida? Que diferença faz a um cão ficar de um lado ou de outro de uma via pública? Talvez tivesse mesmo residência fixa e ia regressando ao lar. Como propriedade era desprezível. Um cachorro assim só poderia pertencer a um cáften ou a um maloqueiro qualquer. Faltava-lhe *pedigree* e o menor traço de beleza.

Interessante, ao cruzar a grande artéria o cão deixou de andar com a decisão anterior. Observei que assumia ares de vagabundo, passo mais lento, marombando aqui e ali, sem pressa para nada e curioso em relação aos transeuntes. Parou, enfim, diante de um restaurante mixuruca frequentado por notívagos, prostitutas e homossexuais. Estava na cara: era um boca de espera, agora olhando vivamente para o interior do estabelecimento. Já fui também boca de espera antes de ingressar no jornalismo, e tive um pouco de pena porque sei que a fome é dos males o mais concreto para um ser vivo.

Continuei a observar o cão, crente de que era conhecido ou amigo de um dos garçons. À luz do estabelecimento, eliminei qualquer dúvida. Embora descendesse dos *foxes*, o que provava seu focinho alongado, não passava de um vira-lata sem eira nem beira, um pulguento, um trapo. Nem sei por que continuei ali ou por que continuo aqui. Faço alguma confusão no tempo quando me refiro a este caso, que me parece estar sempre acontecendo do princípio.

O cão deu uns passos para o interior do restaurante, mas recuou em seguida, não sei se expulso por alguém. O momento do contato. Não podia perdê-lo.

– O que está fazendo por aí, Augusto? – perguntei como se o conhecesse.

Não gosto de chamar os cães por nomes de cães. Por outro lado, reprovo os que batizam com nomes de gente apenas para provocar riso: Carlos Alberto, Jacinto de Thormes, Francisco Amaral e outros que ridicularizam os animais.

O cão olhou-me sem curiosidade e aí, paradoxalmente, tive a plena e magoada certeza de que me notara desde o primeiro momento. Sorri para ele, mas confesso que Augusto nem ao menos balançou o rabo, seu maldito rabo paralítico.

– Está com fome? Tenho dinheiro.

Para mostrar-lhe que não sou nenhum joão-ninguém, entrei no restaurante. Fui no balcão, pedi um bife qualquer, embrulhei--o em alguns guardanapos de papel, paguei e corri para a rua, afobado. Olhei ao redor. Onde estava Augusto? Tinha desaparecido. Ou era o fantasma de um cachorro? Fiquei com o bife na mão, lambuzando os dedos e sem saber o que fazer com ele. Augusto não acreditara que eu pudesse pagar-lhe um miserável bife. Lembrei-me de uma prostituta que me abandonara num bar, também supondo que minha carteira estivesse vazia. Devo ter uma aparência deplorável, mas não é necessário ser nenhum grã-fino para pagar uma prostituta ou dar um bife a um cão faminto.

Andei de um lado e de outro, ainda à procura. Uma súbita inspiração me fez atravessar a rua. Foi Deus. Augusto farejava uma lata de lixo e continuou depois de ver-me.

– Por que não me esperou? Tome o bife.

Augusto, bamboleando, chegou sem pressa e veio cheirar a carne em minha mão. Apenas cheirar.

– Contrafilé. Fazendo luxo por quê?

O cão virou-me as costas e tomou o caminho da avenida. Aquela prostituta fizera o mesmo, com igual displicência. Segui atrás, com o bife nas mãos, cheirando a cebola, e suplicando-lhe em voz baixa:

– Aceite, Augusto. Não está ruim. Como um pedaço para lhe provar.

O cão, o miserável cão, nem olhou para trás. Atravessou novamente a avenida. Acreditei, aí, que de fato tivesse dono e que fora ensinado a nada aceitar de estranhos. Acompanhei-o ainda, ridículo com o bife na mão, com o papel todo ensopado de molho. Augusto, ligeiro, retomou a rua pela qual viera. Alcancei-o, sentindo um profundo mal-estar. Como o trecho estivesse deserto, pude falar-lhe:

– Você é um enjoado. Quem pensa que é? Aposto que nem tem onde morar. É um vagabundo como tantos por aí. Ou por acaso nutre alguma vaidade do seu focinho *terrier*?

Passei diante dele e virei a esquina para comprovar sua total e maldosa indiferença. Dei uns passos e parei. Augusto permaneceu na esquina a olhar-me. Chamei-o, fiz sinais, miei o mais alto que pude, sem resultado. Voltei, então, à esquina, onde ele me esperava com os olhos acesos.

– Afinal, Augusto, quer ou não o bife? Estava até pensando em convidá-lo para morar em meu apartamento, mas já que é tão independente, coma o seu bife e não se toca mais no assunto.

Augusto veio cheirar meus sapatos, as meias curtas e a canela.

– Puxa, que focinho gelado! Esse clima de São Paulo ainda lhe acaba com a vida. Coma o bife. Já está frio e o papel se desfez. Se não quer, jogo-o fora.

O cão parou de cheirar-me. Sentado sobre suas patas traseiras, ouvia-me tranquilo. Irritou-me um pouco aquela serenidade de filósofo. Não gosto de pessoas e de bichos sem inquietação. Comecei a pensar que Augusto era um bola murcha, um sonado. Joguei o bife a boa distância. Ele bamboleou sobre as patas sujas, passou a língua no bife e depois o abocanhou de uma só vez.

– Afinal! – exclamei. – Que bruta alegria você me dá. Tirou-me um peso da cabeça. Não podia deixá-lo faminto nesta cidade monstruosa. Agora, adeus.

Fui andando, sem olhar para trás, independente, imitando um pouco o jeito de Augusto. Num bar comprei cigarros, embora tivesse um pacote em casa. À saída, olhei de relance e vi Augusto andando em minha direção. Perto da esquina, parei um pouco para encurtar a distância que nos separava. Ouvia o tique-taque de suas patas na calçada.

Mais adiante, uma prostituta mulata me segurou o braço para fazer negócio.

– Vai já pra casa?

– Estou morto de sono.

– Não quer antes ir ao meu quarto?

– Amanhã.

Ela apontou para o chão com certa repugnância.

– É seu esse cachorro?

Olhei, era Augusto, sim, com um olhar que pedia misericórdia. Mas dirigia seus olhos, seus olhos descorados, para a mulher e não para mim, que lhe dera o bife. Entendem, vocês, uma coisa destas?

– Não é meu – respondi, voltando a andar.

Augusto apertou o passo e alcançou-me. Andava e olhava-me. Como é o mundo! Era ele que vinha atrás. Virei uma rua e o cão seguiu-me a pequena distância. Tornou a andar ao meu lado, roçando a minha perna, mais humilde, porém ainda olhando em torno quem sabe na esperança de encontrar conhecidos ou qualquer tipo de atração. O que poderia encontrar na madrugada aquele cão sem dono e sem sorte?

– Você me fez passar um papel ridículo! – disse-lhe eu sentido e com receio que deixasse de me acompanhar. – Se algum conhecido me visse atravessar a avenida com o bife me julgaria doido. Não gosto que riam de mim ou inventem histórias. Na redação, uma vez quase matei um colega porque ele espalhou não sei o quê.

Augusto ouviu-me com atenção. Caminhava comigo como se fosse o seu dono, já desligado da noite e da sua mórbida atmosfera. Assim, durante umas três quadras. Perto do edifício onde moro, parei para melhor entendimento.

– Você tem ou não tem casa?

Augusto sacudiu o rabo pela primeira vez: negativo.

– Está com sono?

Nova sacudidela.

– Quer dormir?

Queria.

– Posso chamá-lo de Augusto?

Mais duas sacudidelas, breves.

Estávamos diante do labirinto de vinte andares e duzentos apartamentos onde moro. O zelador dormia. Passamos sem despertá-lo. Entramos no elevador. Estava cansado e com a camisa molhada de suor. Mal abri a porta da quitinete, Augusto entrou.

– É proibido ter cães no prédio – disse-lhe. – Estou arriscando-me por sua causa. Espero que seja bem-agradecido.

2

Moro numa quitinete que sobre outras possui uma única vantagem: a área descoberta de metro e meio onde coloquei velhas cadeiras de vime e uma mesa desbeiçada. De lá vejo a rua, o que às vezes é excitante e multiplica a sensação de liberdade. Curioso: numa das alas do edifício da quitinete, que não possui esse espaço adicional, justamente nessa, umas cinco ou seis pessoas se atiraram da janela desde que mudei para cá. Suponho que nem todas teriam chegado a esse extremo se pudessem como eu gozar do prazer de uma pequena área. As paredes comprimem as pessoas, expulsando-as para fora. E a janela também é uma saída. Confesso que também já senti a atração do voo, mas a área, com seu ar fresco e seus jarros de flores, salvou-me.

Há dezenas de famílias, algumas numerosas, morando nesses cubículos. Vejo muitas crianças, sujas, raquíticas, piolhentas e ruidosas. O sotaque diz que são nordestinos. Não entendo o que essa gente procura em São Paulo. Isto por acaso é uma Canaã? Muito pelo contrário: é um campo de concentração, uma Babilônia sem nenhuma beleza, uma sórdida e desalmada metrópole. As quitinetes menos opressivas são aquelas que não têm propriamente moradores; são os matadouros, alugados quase sempre por um grupo de rapazes, discretos, silenciosos e anônimos. Um deles (vi pela porta entreaberta) é decorado como um bar sob o toldo de um bulevar parisiense. O sexo é imaginativo. Topo com prostitutas em cada corredor, atarefadas no seu entra e sai. São muito bem-comportadas nos elevadores, tentando o disfarce de uma situação familiar. Mas são mais visíveis no verão, como as baratas. Há um paralítico que mora com um sobrinho no quinto andar. As más-línguas dizem que o paralítico é homossexual e que o rapaz não é seu parente. É uma versão que agrada a todos. A polícia de entorpecentes nos faz visitas constantes. Dezenas de quilos de maconha já foram encontradas nessas quitinetes, sem falar nos bolivianos que traziam coca nos saltos dos sapatos. Na quitinete ao lado da minha mora um homem que pesa mais de duzentos quilos. Vive de apresentar-se nos programas de televisão como uma curiosidade gastronômica. É um contraste com a subnutrição da maioria dos inquilinos. Um dos mais melancólicos personagens deste gigantesco cenário é um mágico que mendiga oportunidades nas portas dos circos! Mal ganha para alimentar suas apoteóticas pombas. Na mesma linha de ganha-pão, vive aqui um anãozinho, artista também, que se torna insuportável quando bebe e se põe a chorar pelos corredores. Há muita gente estrangeira, aloirada e malvestida, disposta a fazer qualquer negócio, até os mais desonestos, para ganhar dinheiro. A diversidade de idiomas lembra o convés de um navio; isto é, um transatlântico de terceira classe, um barco de náufragos da sociedade. Mas não imaginem que o desconforto geral une os miseráveis inquilinos. Raramente se cumprimentam, cada um com sua vida e seus dramas. Apenas socializam-se uma vez por ano quando, reunidos no saguão, discutem a contratação de uma empresa de desinfecção para combater a proliferação dos insetos. Ganha essa batalha, que se trava na época de calor mais intenso, ninguém reata o fio da conversa, voltando cada inquilino a seu defensivo isolacionismo. Às vezes concluo que somente por um resto de vaidade não me incluo nessa heterogênea ralé, pois não sei como sou visto por fora, o que pensam e o que dizem de mim os habitantes deste fétido agrupamento.

Vendo Augusto dormir sobre um velho cobertor xadrez, num canto do cubículo, lamentei a falta de um quintal. Os cachorros precisam de espaço e o meu teve a cidade inteira para morar. Observei-o enquanto dormia. Deve ter nascido feio, mas agora está muito pior. O couro do focinho envelheceu. Suas patas calçam uma luva de barro. Os pelos são pregados uns aos outros por uma cola municipal feita de poeira, terra e neblina. Os olhos, duas úlceras que enxergam. E o rabo é duma sensibilidade precavida, quase um instrumento de defesa. Senhoras e senhores, peço-lhes que reservem um pouco de sua piedade cristã para este pobre cão paulistano, a quem neste momento, tornado presente pela viciosa memória, prometo proteger de todo o mal e dar-lhe todo o carinho e amparo de que tanto necessita.

– Vou lhe dar um belo banho quando acordar – disse em voz alta.

É mesmo um cão boêmio e degenerado. Acordou às onze, com o sol a pino sobre a área, e topou comigo a examiná-lo. Onde se viu um cachorro acordar tão tarde, embora seja sábado? Olhou ao redor, aflito, interrogativo e quase trêmulo. Com certeza, esquecera-se de tudo. Velho e desmemoriado, não lembrava que tinha um dono agora. Joguei-o na banheira. Decerto não apreciou a novidade, mas submeteu-se resignado ao sacrifício. Tive que renovar a água três vezes e gastar meio sabão para remover a sujeira seca que o cobria.

– Nunca vi um cão tão sujo, Augusto. Devia envergonhar-se.

Felizmente havia sol, um belo sol de fim de semana, em toda área onde instalei o hóspede. Depois, fui preparar o desjejum: leite, café, queijo e fatias de mortadela. Bebeu e comeu tudo num minuto sem movimentar o rabo. Notei: limpo parecia menor, bem menor. Porém não mais jovem. A água evidenciara ainda mais sua velhice e feiura. Pensei: "Será que já teve dono algum dia?" Respondi que não. Certamente nascera na rua e na rua permanecera até a noite anterior. Como se livrara da carrocinha até aquela data? Ah, lembrei-me de que sendo um cão do submundo não teria vida diurna, quando os vagabundos são caçados.

– Augusto, você vai viver como um príncipe.

Ouviu, desconfiado. Não era nem afetivo nem simpático. Assim que secou, deu um passeio pelo apartamento e depois foi cheirar a porta da rua.

– Você acostuma. Uma vez ou outra sairemos juntos. Não é um prisioneiro.

Augusto sentou-se sobre as patas traseiras, olhando-me e desejando explicações. Como dispunha de tempo, disse-lhe quem eu era e que profissão exercia. Apenas me deu maior atenção quando lhe contei que não tinha parentes nem amigos íntimos. Era o seu caso, suponho. Mas não me mostrei pessimista ou lamuriento. É desagradável ter um companheiro piegas. Para mostrar-me sociável, coloquei discos na vitrola. Foi cheirá-la. Gostava de música, via-se. Músicas ritmadas, bem populares e simples.

Na hora do almoço, desci e fiz algo que me encheu de satisfação: comprei comida em lata para Augusto. Umas três latinhas muito bonitas. Coisa para cães de luxo. Abri as latas diante dele, para que se impressionasse com minha dedicação. O cão somente tocou o focinho na comida. Voltou a cheirar a porta. Também não saí de casa no sábado e no domingo para que se acostumasse.

Na segunda-feira à tarde tive que ir à redação. Despedi-me de Augusto, apreensivo. Como ele se portaria sozinho? Fui trabalhar e não consegui concentrar-me em nada. Voltei antes do término do expediente: lembrava-me das pessoas que se atiraram da janela. Augusto poderia pular o muro da área. Ao girar a chave na fechadura, estava trêmulo e febril.

Augusto não me recebeu nem com latidos nem com o sacudir do rabo. Mas estava bem desperto. Lançou-me um olhar que não posso esquecer: uma súplica, não um agradecimento. Devia fazer festa, lamber-me as mãos, porém só dizia: "Obrigado pelo que fez, mas me deixe ir embora".

Eu não aceitei o pedido.

– Augusto, vamos conversar. Quer tornar a ser o que era? Não é direito. Todos nós precisamos ter um lar. Você agora tem um. Até lhe comprei comida em lata. E o cobertor? Já tinha dormido num?

Ele ouviu-me sem reações. Mal acabei, foi cheirar a porta.

– Certo, Augusto. Não se pode alterar os hábitos de alguém de um momento para outro.

Saímos juntos. O porteiro estranhou, e eu fingi que o cão não era meu. Fomos caminhando juntos pela rua. Observei que sob meus olhos Augusto não andava com a antiga liberdade. Entravado, capenga, rasteiro.

– Não lhe estou vigiando, Augusto. Apenas faço-lhe companhia.

Durante umas duas horas, demos voltas pelos quarteirões. Permiti que escolhesse os caminhos e andasse um pouco à minha frente. Gostava de parar nas portas dos restaurantes, cinemas e boates. As aglomerações humanas o atraíam. Um molambo que vendia flores brincou com ele, já se conheciam. Olhava com interesse para os notívagos das esquinas, mas passava pelos policiais de cabeça baixa, como se os temesse. Ao cruzar com uma meretriz, mesmo sem receber carinho, agitou o rabo. Nem comigo, que o salvara, fora tão espontâneo naqueles dois dias. Seria atração sexual? Mas não olhava as mulheres que não pertencessem àquela triste condição. Da mesma forma, ignorava os homens que andavam apressados, com destino certo.

Cansado, fui me encaminhando para o edifício. Ele atrás, com a cabeça baixa. Sem pressa nem vontade de chegar. Expliquei-lhe que pretendia levantar cedo no dia seguinte. Ao entrarmos, foi incontinenti para a área, ver a rua. Dei-lhe um pires de leite. Não tomou.

– Magoado comigo? Fiz-lhe alguma coisa? Por que essa cara, Augusto?

Acho que fingiu não me ouvir. Deitou-se longe do cobertor e fechou os olhos. No meio da noite, acordei e fui espiá-lo. Estava estendido no ladrilho da área com os olhos abertos. Parecia concentrado no ruído distante dos bondes e dos carros. Cobri-o com um pano e tornei à cama. "Devia tê-lo beijado", pensei. Quase me levantei de novo para fazê-lo, porém tinha sono.

3

Acordei mal-humorado, resolvido a tratar Augusto com muita ou toda a frieza. Dei-lhe leite e pão sem agradinhos e fui sentar-me à mesa da área, continuando a tradução de um romance policial indigno. Augusto não me faria esquecer as obrigações. Trabalhei, sisudo, até a hora de ir ao jornal. Preciso, sei como, dessas traduções. O ordenado que me pagam no vespertino é de dar pena, e o aluguel da quitinete quase dobrou neste ano. Graças às traduções e ao meu precário conhecimento de inglês, e ao mais precário ainda do meu editor, posso me vestir, frequentar cinemas e os musicais. É vulgar, não me censurem, mas adoro o teatro rebolado. Costumo ir de óculos escuros e depois de iniciadas as sessões. No mês de dezembro, armo minha árvore de Natal, talvez a única do prédio, que pode ser observada com inveja pelos que moram no edifício fronteiro. Também dou presentinhos a algumas mulheres que fazem ponto nas redondezas. Compro champanha, frutas natalinas e tudo o mais. Esses prazeres me custam dinheiro.

Aquela tarde, saí sem falar ou olhar para Augusto. Queria magoá-lo. Voltei da redação mais tarde que habitualmente. Ao abrir a porta, porém, topei com uma cena que me cortou o coração e fez-me esquecer o ódio. Augusto, com o focinho pontudo, arrastava a tigela de água pelo apartamento, tão seca como sua língua.

– Isso não acontecerá mais, Augusto. Saí depressa, por causa de nossa rusga, e não lembrei da água.

Suponho, não sei por que, que esse pequeno incidente favoreceria nossa intimidade, ataquei meu conhaque. O álcool me solta a língua. Embriagado e comunicativo, contei a Augusto toda minha vida, mesmo os lances mais particulares. Foi uma ilusão. Não o sensibilizei. Ao concluir a primeira semana de convívio, descobri que fizera Augusto infeliz. Engordara, melhorara de pelo, mas não se sentia bem.

Numa noite, desci com Augusto e fomos até uma das ruas que adorava frequentar.

– Caro Augusto, tive muito prazer em conhecê-lo, mas não quero mais lhe encher o saco. Vá embora.

Augusto andou meio quarteirão, parou e ficou me observando. Num impulso, fiz meia-volta, atingi a avenida e entrei num cinema sem saber qual o filme que passava. Mas, uma vez sentado, consegui interessar-me por ele e me distraí. Na saída, fui a um restaurante dos mais caros. Por lá Augusto não passava. Depois, sem programa, dei umas voltas pela Vila Buarque. Quase que uma prostituta consegue arrastar-me para seu quarto: desembaracei-me dela com um empurrão violento. Juro: não pretendia ver Augusto novamente e se cruzei as ruas do seu mundo foi apenas levado pelo desejo de andar.

4

Daquela noite em diante, voltei a correr a Vila Buarque antes de ir dormir. Uns quinze dias mais tarde, precisamente numa meia-noite, vi um cão ordinário que me pareceu Augusto e era ele mesmo. Que sujeira, que estado lamentável! Na porta de um bar sórdido, um bêbado dividia com ele um sanduíche. Passei pelo bar em linha reta, junto ao meio-fio. Não me viu. Chegando à esquina, voltei e entrei no bar para comprar cigarros, sempre sem olhar para o maldito cachorro. Saí do bar em passos normais, quase roçando no bêbado.

O cão latiu, reconhecendo-me. Parei.

– Augusto? Como vai a vida?

O cachorro cheirou meus sapatos, apoiou-se em minhas pernas com suas patas sujas. Seus olhos fundos emitiam uma luz alegre e mantinha a boca aberta, como se sorrisse. Acariciei-lhe a cabeça, desejei-lhe boa-noite (com ironia) e voltei-lhe as costas. Fui andando devagar. O tique-taque das patas me seguiu.

– Quer dar um pulo em casa, Augusto? Um pouco de leite vai bem. Ou prefere um bife?

Augusto foi caminhando no meu lado, rabo baixo, cabeça curvada, alguém que enfrentava dias difíceis. Em silêncio chegamos à porta do edifício. O porteiro não quis deixar entrar e recusou o primeiro suborno de doze cruzeiros. Paguei-lhe vinte para dar um teto ao pobre animal.

– Está com sorte, Augusto. Veja o que encontrei.

Era uma lata de carne para cachorros. Preparei um pequeno banquete. Muito contente, excedi-me no conhaque, esquecendo as advertências do médico, que me implorara não beber mais. O fígado está em pandarecos e por causa da bebida perdi vários empregos: aquela, porém, era uma ocasião especialíssima. Tão entusiasmado, desci para comprar mais um litro de conhaque. Ao voltar, vi com tristeza que Augusto não me esperara! Dormia como um chumbo sobre o cobertor da área.

Uma noite sim, outra não, saía com o cão para longas voltas pela noite adentro. Ele era incansável e tinha necessidade de andar. Perguntei-lhe se precisava de fêmeas. Engano meu: não dava importância a elas, talvez devido à sua idade avançada. Constatei, porém, que as cadelas não gostavam dele, evitando-o sistematicamente. Injusto. Augusto, quando bem tratado, até que não era um bicho repelente.

– Você é um desajeitado – disse-lhe, andando a seu lado. – Com um pouco de insistência, teria emprenhado aquela bassê. É um complexado. Já era assim quando jovem?

Com o tempo Augusto voltou a mostrar-se insaciável. Na verdade, nunca fora o companheiro ideal. Eu errara em valorizá-lo demais. Deixou de lamber-me as mãos, chateado de viver naquele retângulo. Desprezava o cobertor, preferindo dormir no ladrilho, e não queria leite. Quando eu voltava do trabalho, não me saudava com o rabo, novamente paralítico. Ficava o tempo todo na área a olhar a rua. Numa noite, inesquecível para mim, recusou-se a sair. Abri a porta: ele refugiou-se no banheiro. Com isso queria dizer que não lhe interessava um mero passeio.

Perdi o controle:

– Não me faça desaforos, Augusto. Pensa que imploro sua companhia? Tenho amigos e já tive até uma amante. Para mim você não passa de um cão vagabundo. Posso ter muita gente para conversar. Escrevo para jornais e já publiquei um livro. E você? Quem é você, afinal de contas?

Não imaginem, pelo amor de Deus, que eu levava a vida preocupado com esse cão sarnento. Muitas vezes, antes de ir ao jornal, sentava-me nos bares abertos da São Luís e tomava Campari ou finalô. Certa vez, um conhecido me reconheceu, sentou-se ao meu lado e batemos um papo muito agradável sobre minérios, guerrilhas e mulheres. Queria que Augusto visse. Marcamos encontro para dois dias mais tarde. Mas todos têm nesta cidade cruel vida atribulada e ele não pôde comparecer. Também não sou tímido a ponto de fugir das mulheres. Há uma prostituta da Vila Buarque a quem chamo de Naná. Ela foi bailarina de *taxi-girl* em melhores dias e sempre tem o que contar.

– Vá ao meu apartamento sábado. Controlo o porteiro.

Não estava lá muito atraído por Naná, mas queria mostrá-la ao maldito cachorro. Certamente me julgava um pobre-diabo, sem relações sociais. Pedi a Naná que vestisse seu melhor vestido, pois programara um restaurante de luxo. Dei-lhe dinheiro adiantado.

– Você está querendo apresentar-me a alguém?

Realmente, no sábado, na hora marcada, Naná tocou a campainha de minha quitinete. Um belo vestido e um perfume sufocante.

– Vá entrando, princesa.

Já preparara dois finalôs terrivelmente gelados. Lancei um olhar furtivo para Augusto, que abandonara a área para passear em torno da visitante.

– Que cachorro feio! É seu?

– Não é tão feio assim, se vê logo que é um *fox-terrier*.

– Tem pulgas?

– Toma três banhos por semana com sabão de enxofre.

Naná não acreditou em mim e afastou Augusto de suas pernas. Gostei de ver a humilhação. O cão foi esticar-se na área fresca, com o focinho no ladrilho, voltado para Naná. Puxei um pufe para perto dela e começamos a conversar. A mulher ergueu-se de sua cadeira e veio dividir o pufe comigo, formando um perfeito parzinho romântico. Parecia coisa ensaiada.

– Veja como ele nos olha – observou Naná.

– Não ligue.

– Um cão antipático.

Acariciei Naná e beijei-a. Estava calor, ela tirou o vestido, eu a camisa esporte. Ela decidiu tirar o sutiã, eu tirei as calças. Aí a meretriz fez um protesto:

– Com ele a nos olhar, não.

Pedi a Augusto que entrasse no banheiro. Ele resistiu, mesmo quando insisti. Agarrei-o com força e atirei-o como uma coisa no banheiro. Fiz mais: tranquei a porta.

– Assim, sim – disse Naná, tirando o resto da roupa.

Durante umas duas horas, eu e Naná estivemos largados no tapete. De quando em quando, eu ia à cozinha buscar mais bebida e encostava o ouvido na porta do banheiro. Amarramos um porre daqueles. Às onze, saímos, famintos. Mas não soltei Augusto, talvez por esquecimento. Voltei para a quitinete com os primeiros raios de sol. Augusto rosnava. Que tortura para um cão claustrófobo! Mesmo assim não o libertei. Caí no sofá e só despertei às duas da tarde. E para aborrecê-lo ainda mais fiquei uma hora passeando de um lado e de outro.

Ao abrir a porta, afastei-me. Não foi imediatamente que vi o horrendo focinho junto ao batente. Saiu do banheiro e moveu-se até a área, sem olhar-me. Sua tigela estava vazia; enchia-a de água fresca. Mas o cão, apesar da boca seca, ignorou o socorro. Desci para comprar comida, e, no lugar das latas, cujo conteúdo Augusto pouco apreciava, comprei um frango. Fiz uma extravagância: piquei o frango e larguei-o no prato do cão; o cheiro bom invadiu o apartamento todo. Mas ele nem o tocou.

Foi aquela uma tarde horrível. Os dois juntos, no estreito retângulo, um sem tomar conhecimento do outro. À noite, não saí. Fiquei na cama, lendo Mailer, a olhar o bicho com o canto dos olhos. O canalha parecia dormir, porém estava bem acordado; já conhecia seus truques. Ao apagar a luz, de madrugada, já sabia que essa situação não podia continuar.

5

Minha derradeira tentativa de entendimento foi pueril: uma bola de borracha. Dinheiro jogado fora, Augusto não gostava de brinquedos. Somente pessoas o interessavam.

– Augusto, você não gosta mesmo daqui. Não vamos discutir as razões. Talvez eu também detestasse a prisão num cubículo. Minhas intenções foram das melhores. E, quanto àquele dia que o tranquei no banheiro, juro que foi uma confusão. Pretendia soltá-lo antes de sair com aquela vagabunda.

O cão não quis conversa, não aceitou as desculpas. Meia hora depois, estávamos justamente no ponto onde o encontrei pela primeira vez. Ensaiei uma despedida sentimental e ridícula.

– Você está livre, Augusto. Vá viver sua vida. Agora, se for por causa de Naná, prometo não levá-la mais para casa. A amizade dela não me interessa. A vigarista quer apenas o meu dinheiro.

Creio que nem ouviu tudo, com pressa de afastar-se de mim. Incontinenti fui procurar Naná e tive a boa sorte de encontrá-la. Tomamos uns venenos e dançamos no inferninho onde trabalhava.

– Quer ir ao meu apartamento?

– O pulguento ainda está lá?

– Acabo de enxotá-lo.

Quando entrei com Naná na quitinete, ela me pareceu ainda menor, mais sufocante e solta no espaço. Lembrei-me de Augusto preso no banheiro e tive, confesso, tanta pena que o divertimento não valeu. O coitado do cão ficara lá durante dezesseis horas sem água. Sua zanga tinha razão de ser.

A ausência de Augusto, porém, me trouxe alívio. Por causa dele, eu me prendia excessivamente no quarto. Voltei a ter encontros com Naná pelo menos uma vez por semana. Num bar, conheci um cavalheiro estudioso que dizia conhecer tudo sobre a colonização holandesa. Chamava-se Bernardo e, se bem fosse criatura simpática e comunicativa, carregava uma grande mágoa na alma:

– O desastre, escute bem, foi termos expulsado aquela gente.

– Que gente, Bernardo?

– Os holandeses, eu falo.

Bebia muito, com marra, e esse episódio histórico, tão irremediável, tornava-o taciturno, quando não agressivo. Baixava a cabeça, com os olhos no fundo do copo, e apenas se movia para novas doses. Poucas, sim, mas longas, sofridas, abismais. Eu tentava sentir toda a extensão daquela dor. Sinceramente, pedia-lhe informações, que terminavam com um refrão:

– Ora, Bernardo, isso faz séculos...

Bernardo devia achar pueril minha argumentação, tanto que não a rebatia. Olhava à distância, como se visse as fragatas holandesas afastando-se das praias, levando com elas a cultura, a civilização e o futuro.

– Vou lhe mostrar uma relíquia – prometeu-me no ouvido.

Tirou do bolso uma moeda no desgaste de sua forma esférica.

– Quem é esse?

– Nassau.

– Simpático.

Bernardo devolveu a moeda ao bolso sem dar-me tempo a exame mais detido. Era ciumento.

– Este país só teve um homem decente – explicou-me. – Calabar.

– Não foi um traidor?

– Calabar, eu falo.

Não quis discutir, a história não é o meu forte. Depois, incomodavam-me aqueles olhos fitando a mim e minha ignorância de tão perto. Pedi-lhe que me deixasse ver outra vez a moeda, como se pudesse chegar pelo tato aos conhecimentos que me faltavam. Ignorou a solicitação, considerando a inutilidade do meu esforço.

Tivemos vários encontros. No terceiro, tendo passado pela biblioteca, papagueei alguns nomes de batalhas e respectivas datas da invasão holandesa. Não lhe causei a impressão desejada. Até piorei tudo. Para certas pessoas, alguns sabichões, é melhor não saber nada do que saber pouco.

– Nunca lhe falei de Augusto? – indaguei.

Talvez por julgar meu companheiro suficientemente louco para entender certas histórias ou um solitário como tantos, contei-lhe tudo que pude sobre o maldito cão que alojei em minha casa. Bernardo (tinha olhos de manequim, já devia ter dito) ouviu-me com o maior espanto e apreensão. Creio que ficou com medo de mim.

– O senhor fala de um cachorro?

– Não aprecia os cães?

– Preciso telefonar – disse ele. – Volto num minuto.

Bernardo levantou-se, com estudada naturalidade, e entrou no bar. Fiquei à sua espera mais de uma hora, jogando pedras de gelo num copo de Campari. Inútil espera. O admirador de Calabar tinha se safado. Não se pode confiar num homem que presta culto a um traidor. No entanto, apesar desse gesto antissocial, procurei Bernardo durante algumas noites pelos bares abertos.

O que houve depois foi um cansaço. Um ódio permanente por esta cidade, uma vontade de conhecer novos lugares e pessoas nos trens. As relações casuais sempre me divertiram. Lembro-me que cheguei a propor ao secretário do jornal que me mandasse fazer reportagens fora da cidade.

– Está se sentindo melhor? – perguntou.

– Estou muito bem agora – respondi com firmeza.

– Não esquecerei seu pedido. Aguarde.

Retornei ao meu hábito de passear pela cidade até de madrugada. Sempre desinteressado, à espera de que o jornal me convidasse para uma longínqua reportagem, vagava pelas ruas. Dei de procurar Naná com insistência, mas ela andava sumida. Soube mais tarde, por seu próprio intermédio, que um velhote alemão não lhe dava folga, tentando seduzi-la com a exibição de um carunchado Citroën. Fiz-lhe uma proposta séria:

– Venha morar comigo. Mude hoje mesmo.

– Morar naquele apartamento?

– É limpo e tem uma área!

– Não aguentaria uma semana. Ficaria doida.

Meus amigos e compatriotas, não sou culpado de morar num apartamento tão pequeno. O Brasil é um dos maiores países do mundo em comprimento e largura. O Atlântico é nossa banheira. As residências poderiam ser térreas, ajardinadas, espaçosas e baratas. Gostaria de ver o carteiro todas as manhãs em seu uniforme limpo, rodeado de crianças e cachorros. Mas há toda uma arquitetura do desconforto solidamente organizada, que deve render bilhões. Há cérebros eletrônicos para limitar nosso espaço vital. As antigas casas dos nossos avós, com cômodos para fantasmas, não existem mais. O *living* engoliu o quarto. A sala de jantar é um luxo. Descobriram a inutilidade da cozinha. Os corredores só levam ao desperdício. Resta apenas como espaço secreto o banheiro. Mas é provisório. Logo teremos que fazer as necessidades físicas diante das visitas. Na guerra não há esses pudores. Estamos sendo apertados entre paredes como nos filmes de terror. Outro dia, mais um suicídio. Não sei se falei do mágico. O coitado apanhou um reumatismo e não pôde mais sair, ele que era motomaníaco igual a mim. Vi-o na calçada em seu *smoking* roto e ensebado, exposto a pilhérias grosseiras. No bolso, trazia um baralho que revelava a ingenuidade dos seus truques. Uma pomba, a última de sua fase de ouro, acompanhou-o até o meio do caminho, depois foi pousar num fio elétrico. Somente abandonou seu acrobático posto quando levaram o corpo do dono. Senhores arquitetos, neguem-se a traçar com seu talento essas gaiolas malditas, essas gélidas colmeias, essas despóticas senzalas. Não transformem nosso desconforto em lucros. Nem os homens em moradores. Como viram, nem os ilusionistas podem suportar a compressão dessas paredes.

A morte do mágico obrigou-me a pensar em Augusto. Julguei tê-lo entendido. Não era a mim que o pobre cão odiava, mas a quitinete. Se eu morasse numa bela casa, com certeza seria meu amigo. Os cães, quando vivem bem, fazem amizade até com os gatos. São deliciosamente interesseiros. Mas, preso num cubículo, reconheci, não podia aceitar-me. Talvez eu conseguisse mais espaço morando no subúrbio. Decidi procurar Augusto. Todas as noites percorria as ruas da Boca do Lixo. Durante um mês, nada. Mas sou insistente. Acabei por reencontrá-lo.

6

Foi numa esquina.

– Que surpresa, Augusto!

O cachorro não me deu bola.

– Já esqueceu de mim, Augusto?

Não esquecera: provou-o baixando a cabeça e afastando-se ligeiro.

Confesso que jamais senti tanto ódio. Afinal, vivera à minha custa, comera carne enlatada e até frango. Dormira sobre um cobertor tratado como se fosse gente. Esse cão ingrato merecia um castigo. Na noite seguinte, voltava à Vila Buarque para encontrá-lo. Queria dar-lhe um pontapé. Aleijá-lo, sim.

A procura demorou uns quinze dias. Foi numa noite de garoa que o vi farejando uma lata de lixo. Não havia ninguém perto. Aproximei-me.

– Venha aqui, Augusto. Precisamos conversar.

Mal me viu, foi tomando, cauteloso, o rumo da avenida. Fui atrás, fiquei a seu lado.

– Comendo lixo? Está com fome, Augusto? Lá adiante há um restaurante. Vou lhe comprar um bife.

Quando entrei no estabelecimento, Augusto, embora tivesse me entendido, disparou. Parecia ter visto o diabo.

Fui para casa e sentei-me à máquina de escrever: "Cães vagabundos, provavelmente hidrófobos, vagueiam à noite pelas ruas da Vila Buarque. Várias pessoas já foram mordidas. A Prefeitura precisa tomar providências com toda urgência". Era um abaixo-assinado que correu o prédio todo pelas mãos do zelador, generosamente gratificado. Levei o abaixo-assinado ao jornal e apresentei-o ao secretário, pedindo bom destaque.

– É matéria muito corriqueira.

– O senhor não viu as pessoas mordidas. Duas estão entre a vida e a morte.

No dia seguinte, a matéria saía. Recortei uns vinte exemplares e enviei a notícia a todos os jornais e emissoras de rádio. O abaixo-assinado, eu mesmo levei ao gabinete do prefeito, solicitando, dramaticamente, que a carrocinha desse uma busca pelas ruas mencionadas no documento.

À noite, saía para a minha ronda. Como visse alguns cães pelas ruas, resolvi pressionar o prefeito com sucessivos e aflitos telefonemas. Apenas me dei por satisfeito quando vi uma lágrima nos olhos do dono de um boteco da Boca, também conhecido como "a boate do cachorro". O português, possesso, maldizia a carrocinha. Seu enorme cão preto, uma espécie de leão de chácara do estabelecimento, havia sido caçado naquela noite. Tão esperançoso fiquei que fui comemorar o fato enchendo a cara no primeiro antro.

Mostrei minha carteira de jornalista e atravessei o portão do canil da Prefeitura. Lá estava a plebe da sociedade canina, os lúmpens da raça: enferidados, magros, famintos, desdentados, vagabundos e loucos. Raros eram salvos da câmara de gás, pois a maioria não tinha dono. Tive a impressão de que todos sabiam o destino que lhes seria reservado. Por isso latiam e debatiam-se contra as grades. Uma cadela havia dado cria naquele instante: iria com os filhotes para a câmara. Um garoto de cabelos revoltos reconhecia o seu cão, um buldogue, no meio da cachorrada. Fui passando pelos canis, na expectativa, aspirando o cheiro gasto dos cães e encarando lentamente aquelas caras em pânico.

– Augusto! – exclamei.

Era ele, o condenado, com seu focinho morto, seus olhos sem brilho e introspectivos, sua apatia e conformismo. Mas, ao ver-me, que súbita transformação! Pôs-se a saltar atrás das grades, abrindo toda a boca, desesperado e feliz, vendo em mim o amigo, o herói e o salvador. O cão, por entre as grades, lambeu-me as mãos.

– Querem mandá-lo para a câmara de gás – bradei, com voz encorpada, para que não tivesse dúvidas.

Augusto continuou a lamber-me as mãos, humilde, grato e afetivo.

– É seu esse cachorro? – perguntou um dos guardas.

– Solte! Pago quanto for preciso.

Quando a jaula foi aberta, Augusto saltou sobre mim, alucinado! Aquilo era alegria! Curvei-me para beijá-lo e ergui-o nos braços, sentindo-o mais leve. Pela primeira vez trocamos afetos verdadeiros e acreditei que dali por diante seria sempre assim. Paguei o que devia pagar, saímos, ele desenferrujando o rabo. Na rua, feliz, mas cauteloso, comprei uma coleira e uma corrente para Augusto. Havia um gravador ali perto: pedi que gravasse numa chapinha da coleira o nome do meu cão.

Augusto estranhou a coleira apenas um minuto, aceitando depressa a nova situação. Ao passarmos pelo armazém, fiz uma apreciável despesa, comprando um sortimento de latas de alimentos para cães. Pensei também em vaciná-lo.

No apartamento, disse-lhe com voz embargada:

– Livrei-o de boa, meu caro. Iam matá-lo a gás como fizeram com Chesmann e cinco milhões de judeus. Mas tive a intuição e salvei-o em cima da hora. Quero que morra de velhice. Prometo-lhe um túmulo digno num cemitério de cães. Mas há um porém: você não poderá ficar mais na rua como um cão sem dono. Aqui é seu lar.

Augusto era inteligente: entendeu tudo. Submeteu-se com a maior boa vontade ao banho, tomou sol na área sem pisar o assoalho com as patas molhadas e comeu sua papinha de leite com uma voracidade que me comoveu.

À noite, quando voltei da redação, recebeu-me com festa, como todos os cães fazem a seus donos. Coloquei discos na vitrola e saí para comprar conhaque para mim e salsichas para ele.

Na mesma semana, encontrei Naná.

– Olhe, aquele senhor alemão não tem aparecido mais.

– E daí?

– Apareça esta noite na boate.

– Não posso.

– Quer que vá ao seu apartamento?

– Você disse que ele é abafado, não disse? Não precisa ir. Adeus.

Não sou do tipo que dá muito expediente às prostitutas. Escrevo em jornal, tenho um livro publicado e levo uma vida normal. Além do mais, não queria que Augusto esperasse muito por mim, pois programara um passeio de coleira.

Mentiria se dissesse que Augusto morria de satisfação quando o prendia à corrente, mas era evidente que fazia esforço para mudar seus hábitos. Na verdade, não o conduzia pelas ruas malditas dos boêmios e marginais. Preferia as praças, as vias arborizadas e burguesas e as imediações dos colégios.

Mas a história não acaba aqui.

7

Como já disse, o regulamento do edifício não permitia que os inquilinos tivessem animais. Isso custou-me uma taxa de suborno.

Não me importei. As noites de solidão haviam acabado. Quando regressava do jornal, sabia que ia encontrar Augusto à minha espera. Meu maior entretenimento era dar-lhe grandes banhos de espuma. Certa manhã, levei-o a um hospital de cães, onde lhe extraíram uns dentes podres e o vacinaram. Seu mau hálito desapareceu. O veterinário receitou um pozinho vitamínico para adicionar às refeições do cão, e cheguei a assinar uma famosa revista norte-americana sobre *cats and dogs*. Claro que não pretendia que vencesse nenhum concurso de beleza, mas o queria sadio e disposto.

Foi um período bom de verdade. Até no jornal fiz progresso. Infelizmente, tive que recusar um pedido do secretário que queria me mandar para o Nordeste. Onde deixaria Augusto? Perdi uma grande oportunidade sem lamentação.

Lembro-me também de uma tarde em que ia andando pela avenida quando vi o Bernardo. Apressei o passo, alcancei-o e bradei, face a face:

– Calabar foi traidor! Você é um doido!

É o diabo que vira as coisas. Quando menos esperava, Augusto voltou a cheirar a porta e, ao ouvir a primeira reprimenda, foi dormir no ladrilho, seu grande sinal de rebeldia. Deixou de acordar-me com sua língua comprida e o rabo imobilizou-se outra vez. Comia somente o essencial e receei que ensaiava uma greve de fome. Não me encarava, mais taciturno que antes, mais ressentido e sombrio. Nossa convivência voltou a ser intolerável e naufragada. Certamente fiz minhas desfeitas: dormi uma noite no hotel só para observar no dia seguinte o focinho dele. Nem se importou. Num sábado, cheio de conhaque, larguei-me teatralmente no chão, fingindo-me morto. O desgraçado foi para a área e esperou calmamente que eu me levantasse. Durante uma semana só lhe dei ossos e água suja. Emagreceu, mas não estrilou. Passou a me ignorar como se nunca me tivesse visto.

– Vamos sair, Augusto.

Abri a porta e ele saiu normalmente. Ganhamos a rua. Ele foi andando à minha frente, de cabeça baixa, sem a coleira, barriga no chão. Ao ver uma prostituta, fez-lhe festa: a mesma que na primeira noite saudara com o rabo. Então, disparou. Como uma flecha. Perdi-o de vista num instante. Já esperava por esta. Fiz meia-volta e fui ao encalço da mulher. Antes que ela atingisse a avenida, abordei-a.

– O que faz esta noite?

– Você é quem faz o programa – respondeu. – Tem apartamento?

– Você tem?

– Um quartinho lá na Boca.

Eu queria conhecer seu ambiente, investigar. Fomos. Era um quarto acanhado, repleto de bibelôs, santos e toalhinhas. Um cinzeiro com mil pontas de cigarro. Foi um sacrifício possuí-la naquela estúpida noite de calor.

Depois, as perguntas:

– Conhece aquele cachorro?

– Que cachorro?

– O que lhe fez festa.

Ela riu, lembrando.

– Ah, o Piloto?

– Chama-se Piloto?

– É como o chamamos.

– Tem dono?

– Coitado! Quem ia querer ele?

– Dizem que foi preso pela carrocinha e que o soltaram.

– Ninguém faria isso.

– Gosta dele?

– Gosto de cães, mas prefiro os gatos.

– E ele gosta de você?

– O Piloto?

– É dele que estamos falando, não? Responda: ele gosta de você?

A mulher, já irritada, sacudiu os ombros.

– Ele gosta de todo o mundo.

– É mentira! Não gosta de todos.

– O quê?

– Disse que não gosta de todos.

– Mas o que está querendo saber?

Ela estava sentada diante do espelho com uma vasta cara de imbecil. Devia camuflar informações, mas era evidente que pertencia ao clã de Augusto. Resolvi parar por aí. Atirei um dinheiro sobre a cama e desapareci.

Voltei a rondar os quarteirões. A um vagabundo perguntei se vira o Piloto, o homem abriu a bocarra num vasto sorriso, como se eu lhe tivesse perguntado de um parente, e respondeu que não. Piloto às vezes desaparecia de circulação, era tido como morto e depois aparecia, sempre mais velho e mais feio.

Perdi semanas nessa procura. Num sábado, depois da meia-noite, vi Augusto sair de um bar, mastigando alguma coisa. Segui atrás, cauteloso. Mesmo sem olhar, pressentiu minha aproximação. Apertou os passos, rente à parede, barriga colada no chão, como um bassê, rabo na calçada, orelhas baixas, captando o som ardiloso dos meus passos. Num impulso, alcancei-o.

– Sou eu! – bradei.

Augusto ou Piloto parou, espantado. Rosnou ameaçadoramente, mas era um covarde: virou-se para correr em sentido contrário. Saquei o revólver: dois disparos rápidos. Vi o cão saltar e depois correr em ziguezague com a malícia de um delinquente perseguido pela polícia. Corri também e suponho que voltei a atirar. Um guarda apitou e me deteve.

Na delegacia, menti que fora vítima de um assalto. Atirara em legítima defesa. Possuía porte de arma, folha limpa e era jornalista. Pediram-me que fizesse o retrato falado do assaltante. Divertindo-me, fiz uma descrição pormenorizada, incluindo alguns traços característicos de Augusto.

– Vocês o apanharão, estou certo.

Não voltei para o apartamento. Mal surgiu o sol, retornei ao trecho onde atirara em Augusto. Procurava algo e encontrei: sangue. Ao menos, o havia atingido. Era um consolo.

Na noite seguinte, topei com o vendedor de flores que parecera amigo de Augusto.

– Uma rosa, cavalheiro?

– Pago muito mais por uma informação.

– Fale, conheço todas as mariposas da Boca.

Olhei-o bem sério.

– É sobre um cão. Conhece o Piloto?

– Conheço.

– Quando o viu pela última vez?

– Ontem. Estava machucado.

– Acha que morreu?

– Esses cães vagabundos são fortes.

Aí inventei uma bela história: Piloto mordera um garotinho que morrera em consequência. O cão estava hidrófobo. Um perigo para todos. O vendedor de flores ouvia atento, mas incrédulo. Resolvi convencê-lo de outra maneira.

– Pago cinquenta cruzeiros a quem matá-lo. Mas quero ver o corpo.

– Não tenho coragem.

– Então amarre-o e me traga. Vou deixar meu endereço com você. Se outra pessoa, amiga sua, também encontrá-lo, receberá a gratificação.

Era o começo. Falei com porteiros de inferninhos, garçons de boates, vigias de obras, traficantes de maconha, músicos de espeluncas, mariposas, sujeitos mal-encarados sem profissão definida e um tira da polícia que explorava o lenocínio. Esse trabalho custou-me uma semana de trabalho paciente e determinado. Com quantas pessoas falei? Umas cem, provavelmente. Boa parte delas conhecia ou dizia conhecer o Piloto.

Por último, fui procurar aquela meretriz que já interrogara. Contei a história da hidrofobia e ofereci-lhe os cinquenta pacotes. Mas não contava com a reação.

– Saia daqui, monstro!

– O que está falando?

– Não faço isso!

– Dou-lhe cem.

– Nem por um milhão.

– Ele está espalhando uma doença contagiosa pela cidade.

– Que espalhe! A mim não vai morder. Agora, saia!

Creio que agi com inteligência. Joguei os próprios amigos de Augusto contra ele. Ele, que confiava tanto nessa gente! Sempre que voltava à minha ronda encontrava um desses lúmpens na esquina, assobiando, cordial, sorridente, à espera de Augusto para matá-lo. O manobrista de um estacionamento mostrou-me uma barra de ferro com a qual pretendia esmagar a cabeça do cão. O porteiro de uma casa noturna todas as noites aparecia com um bife envenenado. Um traficante de maconha piscou seu olho congestionado e apalpou o revólver sob o paletó. Engraçado foi uma pedinte que levava uma faca enferrujada numa sacola com o mesmo fim. Um verdadeiro exército de marginais numa estranha gincana dentro da madrugada.

Na noite em que a caçada completava uma semana, bateram na porta de minha quitinete. Era o vendedor de flores.

– Parece que apanharam o cachorro.

– Se for positivo, você terá uma gratificação pelo aviso.

O rapaz levou-me para uma das esquinas do roteiro sórdido de Augusto. Lá estavam um garçom (amigo de Augusto, amigo do peito!) e um corcunda que vivia de dar sorte correndo os antros da Boca. Nem me lembrava de ter falado com ele. Na calçada vi Augusto ou Piloto com a cabeça esmagada.

– Como foi?

– Uma emboscada – disse o garçom.

– O senhor vai mesmo dar o dinheiro? – inquiria o malvado corcunda.

– Vamos aos detalhes – exigi. – Como foi a emboscada? Contem tudo. Por onde ele vinha? Por lá?

A contragosto, os dois fizeram a reconstituição. Augusto atravessara a Boca do Lixo sem ser visto, apesar da vigilância. O garçom, na porta da boate, percebeu um cão que se aproximava mancando. Mas logo atrás dele já caminhava o corcunda com um paralelepípedo nas mãos. Ia arremessá-lo, embora com receio de errar o alvo. O garçom fez-lhe um sinal e começou a brincar com Piloto, acariciando-lhe a cabeça premiada e forçando-o a deitar na calçada a fim de dificultar-lhe os movimentos. O corcunda, chegando-se, ergueu o paralelepípedo o mais que pôde e apesar do seu infeliz defeito foi bem-sucedido.

Não precisava ouvir mais nada: vinte e cinco cruzeiros para o garçom, mais vinte e cinco para o corcunda e dez para o vendedor de flores.

– Vamos jogá-lo na lata de lixo – disse o garçom.

– Vou levá-lo – respondi. Não toquem nele, vocês.

Afastei-me com Piloto estendido nos meus braços, como se carregasse uma criança. Parecia um sonâmbulo. Fui atravessando a Boca, acompanhado pelo corcunda e alguns vagabundos que a ele se juntavam. Não sei quantos eram. A tal meretriz saía da sua cabeça de porco quando me viu. Pôs-se a dirigir-me palavras de baixo calão. Não lhe dei trela. Atrás de mim, ia parte dos amigos e perseguidores de Augusto, ainda com suas armas. Fiz sinal ao vendedor de flores para que me desse uma rosa. O porteiro do edifício tentou impedir que eu entrasse com o cachorro morto, mas empurrei-o com a mão esquerda.

Na quitinete fiz o cadáver repousar sobre minha própria cama. Não lhe tinha mais rancores. Perdoei-o por tudo que me fez naqueles meses. Pensei em embalsamar o meu amigo. Porém não sei como isso se faz. Resolvi enterrá-lo no belo cemitério de cães de nossa cidade. Saiu caro a extravagância. O jornal relutou, porém me adiantou uma quinzena do ordenado. Além da compra do terreno, mandei fazer um túmulo, não dos mais ricos, embora majestoso, com muito mármore, uma cruz e um epitáfio. Com que dificuldade o redigi, sempre muito piegas e excessivo. Ficou assim: "Aqui jaz Augusto, que foi para seu dono um amigo perfeito". Concluído o túmulo, que ainda pago em horas extras no jornal, tirei fotografias. Uma delas, ampliada e colorida, está à minha cabeceira. Semanal-mente, vou levar-lhe flores. Passo longo tempo enfeitando o túmulo, sempre o mais florido daquela quadra.

O bar dos cento e tantos dias

Eu estava desempregado, com o desejo rotativo de viver uma sórdida aventura sexual e morria de calor. Minha área de ventilação, projetos e repouso eram aquele bar; com cadeiras na calçada, atrás da Biblioteca Pública. De lá partia e retornava à procura de sensações, amigos e oportunidades. Meu último bilhete azul já datava de cem dias, quando terminara uma telenovela como escritor-fantasma, ganhando um terço do salário do desorientado autor que se perdera no labirinto de trinta cenários e duzentos capítulos. Retirado o lençol da camuflagem, fui posto no olho da rua para que não desse com a língua nos dentes, revelando segredo profissional. Depois de seis meses de queixo erguido ao vendeiro, voltava ao desvio, às férias compulsórias, ao banco de reserva. Com uma agravante: antes eu era um descamado, um magricela carente de glóbulos vermelhos, que todos queriam ajudar. Agora, com oitenta e poucos quilos, balofão, suarento, ocupando mais espaço que o devido, não inspirava piedade nem despertava a ganância dos exploradores.

– Dê um pulo na Mênfis Publicidade, lá estão precisando dum cupincheiro.

Eu frequentava o dito bar para colher essas valiosas informações. Nele paravam, devido às forças concêntricas da metrópole, nuns casos, e ao prazer gravitacional, noutros, cupincheiros, *free-lancers*, *yes-men*, homens providenciais, empregados e subempregados de agências publicitárias. Nas mesas vizinhas, sempre nos fins de tarde, e vítimas da mesma sede, reuniam-se também jornalistas, gente de rádio e televisão, profissionais que eram ou que já tinham sido, todos papeadores com vinte mil horas de bar e boteco.

– Levante o rabo dessa cadeira e vá até a Mênfis.

O desemprego não advém da preguiça, mas podem caminhar juntos. Especialmente se o caminho leva à cadeira de um bar. Preferia que a sorte viesse ao meu encontro, em virtude de sua própria natureza ocasional, a sair desembestado à procura dela. Além do mais, vinha demonstrando elogiável resistência ao gim e ao Campari, bebidas de que se finge gostar quando falta dinheiro para o uísque. Ia ficando na cadeira, captando e filtrando informações, sem disposição de ir para a Mênfis. Os cupincheiros – redatores avulsos – sempre levam muitos canos porque são solicitados por agências peque-nas, no geral na corda bamba. Eu precisava dum emprego inteiro, não dum bico ou beirada, dicas ou migalhas, embora quando a coisa apertava acabasse me agarrando às piores ofertas.

– Às seis e meia a Mênfis fecha, tá me ouvindo?

Era o quarto gim, limite etílico entre a realidade e os primeiros devaneios. Olhava. Eu não era o único desempregado no bar, outros também tinham quebrado a cara, mas o azar alheio ou coletivo nunca me serviu de consolo. Gostava de espiar os bem-sucedidos, como se vestiam e o trato e brilho que davam às suas unhas. Mesas coladas, gravava um tom de voz tranquilo, de vogais abertas, persuasivo e sem broncas. Um homem bem-remunerado se torna melodioso, me ensinou o bar. Numa mesa estava o Altino, *yes-man* na correta postura de quem concorda. Freire, Publicitário do Ano, sempre visualizado de *smoking* e carregando um troféu, embora a mesa de maior audiência fosse inequivocamente a do Fontana, o Homem Providencial de tantas agências que salvara usando apenas o socorro boca a boca de seu largo e automático sorriso.

– Pode tomar outro gim, bebum. A Mênfis já fechou.

Juro que iria à Mênfis, ali na esquina, se não fizesse tanto calor e se a noite, que já começara, não pedisse mais. O desempregado é mais sensível e observador ao chegar ao 100º dia. Não gostaria que confundissem desempregado com desocupado ou marginal. Defendo uma posição burguesa no contexto. Tudo que se disse sobre minhas tendências marxistas não passou de boato, pois a piscina de água quente continua sendo meu mais insistente objetivo. Eu era desempregado, não um rebelde. Não saíra, fora empurrado para fora, rejeitado pela engrenagem, cuspido, vomitado. Não era a primeira vez que isso acontecia, o que me dava a certeza de que não seria a última. Mas no 100º dia, como dizia, a sensibilidade e o poder de observação se aguçam, porque o que resta ao desempregado é a crença em seus sentidos. Quando a pressa não tem mais razão de ser, ver, ouvir e tatear tornam-se funções defensivas como um homem perdido na floresta, atento a todas as sombras e rumores. A gente no 100º dia perde parcialmente a atividade. Há uma acomodação muscular, enquanto a percepção, enriquecida, não deixa nada em branco, nada sem registro, num raio de pelo menos trinta metros. Se não estivesse a escanteio, não perceberia, por exemplo, que o Homem Providencial, sentado a dez metros de mim, tem uma ligeira falha num dos molares e que sua gravata verde-claro apresenta um orifício de dois milímetros de diâmetro provavelmente de brasa de cigarro. O *yes-man* que o ouve, com apreensiva atenção, à espera das pausas e deixas para os *yes*, usa peruca. Seria capaz de valer-me dessas informações, caso fosse chefe de redação da Grant ou da Orion? Positivamente não, meus senhores.

Já que estamos, vamos continuar. O desempregado leva ao menos a vantagem de não precisar levantar cedo. Além de tudo, a noite é otimista porque sua realidade depende do dia seguinte. Numa delas, já balão, cara cheia, boca mole, sentou-se à nossa mesa o proprietário de uma agência, talvez comemorando a conquista de nova conta. Dissemos "nós", porque o Lorca me acompanhava – o melhor amigo daqueles dias, embora fumeta e pixicateiro. O Lorca foi logo contando milongas a meu respeito, inclusive que publicara um livro de relativo sucesso na década passada. Exigia para mim o que com muita originalidade chamava de "um lugar ao sol". O tal publicitário retirou com dificuldade um cartão comercial do bolso.

– Visite-me amanhã às dez. Ouviu bem? Às dez, eu disse.

O Lorca apanhou a mão do homem no escuro, levou-a à boca e beijou-a.

– Eu te amo, Lima!

Meu despertador não deu o alarma, mas minha cuca sim. Não podia perder aquela. Às dez, já estava lá. Ao meio-dia, entrou um *alka-seltzer* no escritório do Lima. Depois ele, depois eu. Sentado, vendo milhares de bolinhas nascerem no fundo do copo, por acaso o Lima fixou o olhar num determinado ponto. Esse determinado ponto era eu. Esbocei trinta por cento dum sorriso.

– Quem é o senhor?

– Eu? Sou amigo do Lorca, não lembra? Ontem. Lá no bar. O amigo do Lorca.

– Que Lorca?

– Bebemos juntos até as cinco, o senhor me falou dum emprego, me mandou vir.

Aí ele lembrou:

– Ah, vocês... Aqueles vagabundos que me enfiaram pela goela bebida envenenada! Sou um homem de negócios, seu Lorca...

– Mas não sou o Lorca!

– Tenho família, responsabilidades. Dirijo uma empresa com quase cem funcionários! Deviam saber quem sou eu ao me arrastarem para aquele antro.

– Nós não arrastamos ninguém!

– Queira retirar-se, seu Lorca!

Bati os olhos no copo. O maravilhoso digestivo era, para seu Lima, mais que o próprio sol, a divisão inconfundível entre a noite e o dia. Não havia ponto de contato entre o Lima noturno e o diurno e era supérfluo julgar um pelo outro.

Voltei ao bar onde o verdadeiro Lorca tomava a primeira cerveja para combater a ressaca, que somente seria vencida ao ceder espaço para os sintomas iniciais da próxima embriaguez, quando meu amigo retornava a seu estado natural e íntegro. Sentei-me a seu lado e contei-lhe a história toda, vendo-o sofrer e irritar-se. O Lorca era a única pessoa de quem eu podia esperar compreensão, apoio e mesmo piedade. Conheci três picotadores de *taxi-girl* que deviam seu emprego ao Lorca. O porteiro da boate Le Barnar estava lá graças a uma conversa que o Lorca tivera com o gerente. Muitas manicuras e chapeleiras de casas noturnas teriam caído na prostituição se não fosse o dito Lorca. Não era, reconheço, o tipo de homem que a gente gostaria de ter como genro, mas não conheci ninguém melhor nos cento e tantos dias do meu desvio.

– Não perca o ânimo – disse-me o Lorca, enchendo um copo de cerveja para mim. – Beba isso e depois vamos ver o que se pode fazer.

Por mais que bebesse, eu sabia, o Lorca não esquecia sua gentil promessa. Quando menos esperava, às vezes depois de ter fumado um de seus especiais no mictório do Paribar, o Lorca me apresentava uma sugestão. Graças a ele, escrevi ocasionalmente roteiros de filmes comerciais, textos para agências de notas frias, fajutas, orelhas para livros pornográficos e traduzi do francês a bula dum produto farmacêutico chamado "consolo de viúva". O Lorca não era propriamente um intelectual, porém todo o trabalho que me conseguia era, de alguma forma, ligado ao conhecimento do idioma e à cultura. Ao mesmo tempo, empenhado em me ajudar e em conseguir uma bolsa de estudos para o neto duma cafetina, o Lorca naquele dia teve que ir mais de uma vez ao reservado dos homens fumar seus especiais para bolar ou lembrar uma dica salvadora.

– Acho que tenho uma boa ideia – anunciou. – Venha comigo.

Eu sempre vi o Lorca usando a mesma roupa, um terno cinzento com grossas listras pretas. Me era familiar a camisa do Lorca, azul-severo, com as bordas do colarinho arredondadas, gateadas, como foi moda na fulgurante década de 50. Os sapatos do Lorca, muito pretos e sempre com muito brilho, eram pontudos, também como os de antigamente, alardeando o perigo dum pontapé no saco. Andava depressa, como todo bom paulistano, com a diferença que nunca estava indo ou vindo do trabalho. A rapidez era o meio que encontrara e aperfeiçoara para esconder possíveis hesitações de suas pernas, por motivos já referidos. Mas, pelo amor de Deus, não vejam o Lorca como um alcoólatra submerso como existem tantos por aí neste mundo de desajustes. O Lorca cuidava muito do hálito, sempre com seu sortimento de chicletes, bochechava, frequentava a sauna, ia às massagistas, pingava colírio nos olhos para evitar vermelhidão e forrava o estômago com picles, sardinha, quibe, linguiça e fatias de pepino. Mas a sua vaidade, o seu ponto de honra de alcoólatra, era não ziguezaguear. E não ziguezagueava.

– Afinal, qual é a boa? – perguntei ao meu amigo.

– Estou te levando ao Fontana.

– O Fontana não vai querer nada comigo.

Então ele explicou:

– Telefonei ao Fontana. Ele quer te conhecer.

– O Fontana?

– O próprio.

O Lorca dissera ao Fontana que eu era um escritor, ocasionalmente desempregado, à espera da grande vez. Mencionara o nome de meu livro, e não é que o importante publicitário, que assinava o artigo de fundo da *Publicidade e Negócios*, verdadeiro filósofo do "texto que vende", representante do nosso *status* publicitário em congressos internacionais, e não é que esse homem todo me lera? Dos dois mil exemplares de meu pequeno romance, publicado nos primeiros anos dos 50, um deles estava na biblioteca do Fontana!

Lorca deixou-me na porta.

– Bom que não esteja perto pra discutirem livremente o problema do salário. – Apertou-me a mão, empregado ou não, pode procurar-me no bar.

Eu ainda hesitava:

– Vocês se conhecem, se dão bem mesmo.

– Diga ao Fontana que eu o amo!

A sala do Fontana era ampla, iluminada, fresca, acrílica e receptiva. De pé, já com a mão estendida, bem postado sobre as pernas, a envergar um terno feito de asas de borboletas, o Homem Providencial recebeu-me com o abraço tridimensional das velhas e consistentes amizades. Fontana era vertical, franco, positivo, mas também sensível e interessado. Fez-me sentar ao seu lado, chamando-me pelo nome, e dizendo-me logo que minha presença era um presente, a alegria duma cesta de Natal.

Enquanto sua secretária (Denise, loira, bela, peitos) serviu-nos um *scotch*, o Fontana comentava o meu livro. Eu forçava o meu assunto. Tarefa difícil, pois o Homem Providencial, habitante de outras galáxias, com seu dia ganho, insistia em pairar em estratosferas literárias. Pretendia demonstrar a seu ouvinte que não era apenas o frio planificador de lucros multinacionais. Era também uma criatura que aproveitava seus lazeres para as coisas do espírito. Confessou invejar meu talento, após um longo e degustado gole.

– Mas acontece, Fontana, que estou vivendo de bicos e a vida está um tanto cara.

Fontana sorriu com benevolência:

– Disse um tanto cara? A vida tornou-se um caso de polícia. Vou lhe mostrar.

Retirando pastas de sua bela escrivaninha, Fontana exibiu gráficos que indicavam a alta dos preços nos últimos cinco anos. O que se ganhava ontem com o que se ganha hoje. E o que se podia comprar ontem com a média salarial de hoje. Mas o pior, explicou-me, era o desaparecimento de certos gêneros do mercado.

– Viu o que aconteceu com o amendoim?

– Não sei, Fontana!

– Ah, você não sabe? – admirou-se, escandalizado com minha ignorância. Olhou-me com certo pasmo. – Sabia que o amendoim desapareceu de dezessete Estados da União?

– Ignorava.

Fontana retomou a palavra e até o resto do expediente colocou-me a par da terrível coisa que ele chamava "toda a verdade sobre o amendoim", à qual meus probleminhas particulares bloqueavam egoisticamente o acesso. Aconselhado a aproveitar os maus momentos para escrever novo livro, voltei à companhia do Lorca.

Encontrei-o no bar de costume, tomando gim, porque já era hora de trançar, isto é, misturar, para apressar os resultados. Sentei-me a seu lado.

– Sabe que o amendoim desapareceu de dezessete Estados da União? – informei.

– Não sabia.

– Você não sabe de nada, Lorca.

– Como lhe recebeu o Fontana?

– É um perfeito cavalheiro. Você é um homem muito bem relacionado, Lorca.

– Quando você começa?

– Bem, ele me ofereceu um emprego de cinquenta mil tijolos, mas recusei para não pagar imposto sobre a renda.

Lorca entendeu e fez um sinal ao garçom.

– Desempregado, sim. Mas sóbrio, nunca. O que vai beber?

Naquela noite, bebi um pouco mais do que o habitual e sonhei que passeava de lancha na represa com Denise, a secretária do Fontana. A bordo levávamos alguns sacos de amendoim, dezessete, se não me engano. Fazia uma bela curva, já dominando plenamente o veículo, quando a direção se desfez, uma ventania levou os braços e o sorriso de Denise e a lancha afundou alguns palmos. Minha mulher sacudiu-me e mostrou-me mais uma conta que não podia pagar.

No dia seguinte, achei inútil procurar o Lorca, mas fui procurar o Lorca. Ficamos horas sentados no bar, apenas vendo as pessoas passarem. Foi com o Lorca que aprendi a assistir ao que ele chamava "o espetáculo da cidade". Não havia, a seu ver, nada mais inédito, variado, chamativo e colorido do que o desfile de transeuntes numa avenida central, principalmente ao cair da tarde. Afirmava que, com um pouco de concentração e paciência, se podia ver até os mortos passarem. Exagero, pois vi somente três. Depois de alguns especiais, o prazer de contemplar se tornava completo para o Lorca. Confessava que conseguia trocar de cidade, nas tardes de inspiração, e que sem despesas nem bagagens já dera algumas voltas ao mundo. "O principal é que haja pessoas", explicava, "o resto a gente imagina porque só o que anda é que tem importância". Mesmo sem recorrer aos expedientes do Lorca, fui adquirindo o hábito da contemplação. A diversificação de formas, cores, gestos e expressões é infinita quando se observa os passantes duma mesa de bar. A simples maneira de andar não se repete em duas pessoas. Todos têm duas pernas mas andam de maneira diferente. Não pensem que todos andam olhando para a frente, o que seria o correto. Olha-se mais para o chão, para o lado direito e mesmo procurando uma nesga de céu. Os homens que carregam maletas do tipo 007, chatas e pretas, são os que imprimem maior velocidade às pernas e no geral buscam a beira das calçadas. Os gordos preferem circular pelo centro da calçada, enquanto as mulheres gordas, isso é interessante, preferem caminhar rente às paredes. Os homens altos gostam de dominar o meio da rua, enquanto os nanicos evitam as calçadas e ziguezagueiam. Às vezes, vão reto pelas guias, alardeando equilíbrio psicológico. Observei que as profissões também influem no andar e no uso das calçadas. Arquitetos e engenheiros andam devagar, olhando para o alto. Os médicos são apressados embora nunca esbarrem nas pessoas. Os corretores de imóveis são, em minha opinião, os mais elegantes no andar, perdendo unicamente para os que negociam com fundos públicos. Os advogados detestam andar e pisam com as pontas dos pés. Não digo o mesmo dos professores, que andam descontraídos e com os pés abertos e distanciados. A mulher caminha melhor que o homem, isso posso garantir, menos as meninas em relação aos meninos e as velhas em relação aos velhos. No entanto, uma mulher de 28 a 34 anos é mais bonita andando do que parada. Já não acontece o mesmo com as oxigenadas, nunca entendi por quê. Tenho quase certeza de que vocês nunca se preocuparam com essas coisas, o que é uma pena, dignas de estudos mais sérios que eu poderia aprofundar se contasse com subvenção oficial.

– Seria capaz de escrever o roteiro dum filme pornográfico? – perguntou-me o Lorca, que, mesmo quando perguntava, afirmava sua crença nas minhas possibilidades.

– Acho que posso.

– Claro que pode.

Pude, sim, pude. Em três dias e três noites, escrevia algo que se chamou *Piranhas de luxo*, sobre adúlteras, cornudos e bichas, mais tarde utilizado como espécie de *pushing-ball* para a crítica especializada. Um produtor, absolutamente desinteressado em ganhar o Oscar ou a Palma de Ouro, deu-me seis mil cruzeiros, paga razoável naqueles dias.

Sem dar o nome infamante de comissão, com o que o Lorca jamais concordaria, pus-lhe mil cruzeiros no bolso para que se tratasse, quero dizer; que tomasse uma ou duas endovenosas e reabastecesse seu estoque de especiais. Eu lhe devia muito mais em favores e drinques. O Lorca tirou as dez pernas de cem do bolso, apertou-as e afastou-se à procura dum telefone. Sabia que por uma semana seria um homem feliz.

Na semana seguinte, depois de aliviar a barra de minha mulher com os fornecedores, voltei a procurar o Lorca. Encontrei-o de boa disposição. A endovenosa o ativara um pouco e ele apaixonou-se durante cinco dias pela chapeleira de uma boate que nos fez companhia naquele bar da tarde. Não era bonita nem charmosa, mas, como dizia o Lorca, "não usando cuecas nem sapatos de amarrar, eu traço". Seus amores, porém, eram tão superficiais que não acabavam, se desfaziam.

Quando o tempo ajudava, eu e o Lorca deixávamos o bar e íamos passear do outro lado do viaduto, ou pelas ruas de Santa Efigênia, à procura de restos da cidade velha, mas sem confessar nenhum saudosismo que nos envelhecesse ainda mais. Sempre que topávamos um bar, o Lorca parava e me contava uma história de que o bar fora palco ou consequência. Ele tinha um amor especial por velhos bares como muitos têm por velhas igrejas. Uma tarde ele encontrou um garçom duns sessenta anos ou mais, que ele abraçou fortemente e beijou na cabeça, quase em lágrimas diante do bom homem que lhe servira o primeiro bíter russo no final da década de 30. O engraçado é que nunca fui à casa (?) do Lorca nem soube onde morava e muito menos com quem.

Eu já passara dos meus cem dias de desemprego e estava precisando do Lorca e de suas dicas mais do que nunca, quando ele cismou de se plantar durante três dias numa esquina da Amaral Gurgel para assistir à demolição dum boteco insignificante onde fizera ponto em sua juventude. Quando tudo já estava no chão, um montão de vigas e tijolos, ele foi sujar os sapatos, misturando-se com os pedreiros, e voltou de cara alegre com uma lâmpada na mão, o que restara de inteiro daquele capricho urbanístico. E não sei como nem com que intuito, durante dias o Lorca andou com aquela lâmpada por toda a parte, mesmo nos táxis e elevadores, no enterro dum velho cantor de sambas, na festinha que o Gerardão, uma lésbica, ofereceu aos amigos na boate Vagalume, turbulenta demais para objetos frágeis, nos domingos pela manhã quando se curtia ressaca na feira *hippie* da praça da República, nas mesas de feijoada dos restaurantes, sempre o Lorca com a lâmpada, segurando pela base, como se sua mão e ela formassem um todo. Num fim de noite, quando as ideias florescem, precisamente num bistrô denominado Jungle Bar, pouco maior que um lençol de cama de casado, o Lorca, tocado por um espírito que podia ser o de Edson, levantou-se da mesa num só impulso e foi enroscar a lâmpada num soquete junto à caixa registradora. O que eu vi, e me ficou, talvez devido à surpresa do súbito fulgor, foi o rosto do Lorca, jateado pela luz, arreganhando um grato sorriso de quem recebe merecida compensação. Os outros frequentadores da casa, com seus copos na mão, juntaram-se a nós sem poder entender, apesar da lucidez alcoólica, o que um homem bem-apessoado, com sua camisa azul-severo, e todo paulistano, podia descobrir de tão notável e transcendental numa velha lâmpada acesa.

– Vamos embora – disse ao Lorca, lembrando que amanhecia e que sua atitude contemplativa já causava murmurante estranheza.

O Lorca desatarraxou a lâmpada, com um lenço, e levou-a embora. Soube, depois, que usando uma garrafa vazia, provavelmente de fina bebida estrangeira, improvisara um abajur para seu quarto. Mas, segundo seu próprio depoimento, acendia-a apenas alguns minutos por dia para que ela não se queimasse, queimando também as recordações do bar demolido.

Além do roteiro pornô, o Lorca me forneceu outras dicas importantes. Durante semanas, por sua indicação, escrevi cartas para um industrial alemão que vendia coberturas para carros e que precisava corresponder-se em português com futuros fregueses. Um plá seu me levou à gerência dum teatro rebolado onde me encomendaram a simples redação de um programa de apresentação. Nas eleições, o Lorca conseguiu que escrevesse uma crônica radiofônica, diária, promovendo determinado candidato: *A hora dos humildes*. Mais tarde, obteve de outro partido uma pequena verba para que replicasse: *A hora dos demagogos*. Modéstia à parte, o ataque e o contra-ataque alcançaram grande sucesso e garantiram-me algum tutu. Para um circo da periferia, o Lorca convenceu o proprietário, nas vésperas da Semana Santa, que desse nova redação, mais atualizada, inclusive com alguma gíria, à famosa peça *Paixão de Cristo*, serviço mal pago, porém de milagrosa inspiração. Um clube recreativo de Osasco precisava de alguém para bolar e redigir uma campanha de novos sócios: o Lorca me indicou.

Até que, merecendo parágrafo especial, fui cair num teatro de *strip-tease*, encarregado de rimar quadrinhas que as *strip-teasers* recitariam enquanto se despissem. Foi então que descobri que as *strips* são exatamente iguais a todas as mulheres, apenas denotam incrível resistência ao resfriado. Não era fácil ficar sentado no teatro vazio, à primeira fila, ver as artistas ensaiarem enquanto o poeta versejava com papel e lápis sobre os joelhos. A aprovação dependia duma bicha histérica, que se dizia diretor artístico, implacável para com as *stars* que não conseguiam ajustar os gestos às palavras. Uma das *strips*, paraguaia, pesadona, varicosa, mina dum cafiolo que também acompanhava os ensaios, deu de implicar-se com minhas estrofes que pareciam não ter tradução no idioma castelhano. A aversão que minha verve lhe causava era tamanha, tão glandular, que lá do alto, do palco, chegou a cuspir na minha direção ao tropeçar a língua numa rima. Felizmente, para equilibrar, uma bem magrinha, loira desbotada, talvez por excesso de sol ou chuva, sorria para mim, aprovando cada verso, à medida que ia se livrando das peças de sua roupa.

Ao terminar o trabalho, a loira levou-nos ao hoteleco onde morava, o Casablanca, na rua dos Timbiras, onde proporcionou a mim e ao Lorca o espetáculo privado de seus *strips*, recitando minhas inspiradas estrofes com uma ênfase de dia de estreia. O resto é fácil imaginar e muitos ainda lembram o que sempre quis esquecer; aquele trio desigual, vadio e sedento que chegou a provocar comentários e algum escândalo pela precisão com que conseguia dividir o amor em metades perfeitas. Esse convívio mais íntimo esclareceu, à luz reveladora do dia, que a tal loira não era bem desbotada, como me parecera no início, mas enferrujada, pois é sabido que a pele também enferruja quando sobrecarregada de elementos minerais. Não lembro como a loira enferrujada se desgarrou dos nossos braços, pois outro acontecimento, de maior realidade, vinha piorar tudo.

– Estou desempregado – confessou o Lorca no Paribar.

– Mas eu nem sabia que tinha emprego.

– Trabalhava numa imobiliária, mas me chutaram.

– E a indenização?

– Eu não tinha registro. Mas não se assuste. Me deram um cala-boca, ainda tenho dinheiro para a bebida. Eh! Garçom!

Agora eram dois os desempregados. O Lorca mexeu-se um pouco à procura duma beirada. Já fora pianista, mas com o diabo do *rock-and-roll* na praça não dava pé. Nos anos 50, cantara no Chauen e no Refúgio, onde talvez ainda tivesse vez se ambas as casas não tivessem fechado. Na mesma época, tivera até conta bancária como vendedor de uísque falsificado, principalmente das marcas White Horse e Queen Anne, porém logo verificou que a concorrência não lhe daria oportunidade. Lembro-me de que conseguiu trabalhar num desses cassinos de jogos eletrônicos, ambiente insuportável para quem só entendia a vida em área aberta. Foi mandado embora na primeira semana, injustamente acusado de desatenção e embriaguez. Durante algum tempo dedicou-se a cobrar dívidas de jogo e a arranjar mulheres para uns senhores que tinham negócios na Marconi e Barão. Mas não deu muita sorte, embora levasse o trabalho a sério.

Uma tarde, somamos nossos últimos trocados e fomos ao bar. O Lorca não se entregou ao inteligente esporte da contemplação. Pareceu-me mais velho e desleixado, o que ele, a bem da verdade, nunca fora. Embora meio à antiga, o Lorca era homem elegante, fato que as mulheres comprovavam, o que fizera dele um ídolo em diversos quarteirões da flamejante década de 50. Lorca, que começara tão bem durante os blecautes, desapertando garrafas de champanha nos armazéns, estava liquidado. Olhava só para o copo e, às vezes, lançava olhares curtos para mim.

– Estou com medo – confessou. – É a primeira vez que me dá essa coisa.. E não é bom.

– Há mais de cem dias que sinto isso – disse.

– Dessa vez não vou poder ajudá-lo, Tolstói – lamentou. – Nem pra mim consigo nada.

– Se preocupe com você.

– Estou me preocupando.

– Você não tem parentes, alguém que podia dar uma colher de chá?

– Se tivesse, já teria recorrido a eles. Sou muito orgulhoso, mas agora estou apavorado.

– Vamos acabar esse copo e procurar alguma coisa, Lorca.

– Vá você, amigão, e boa sorte. Acho que fracassaria.

Deixei o Lorca no bar e dez passos além parei para olhá-lo. Quis fazer um aceno, mas ainda fixava sua atenção no copo. Não sabia como me arranjaria sozinho, sem as mumunhas e malevolências do Lorca, sem suas dicas salvadoras. Se tivesse algum dinheiro, deixaria com ele, iria a pé para casa, mas já não tinha nenhum. Cheguei ao apartamento, no mais completo desmazelo desde que minha mulher me abandonara por não suportar mais a cobrança de contas. Os raros móveis cobertos de poeira, a geladeira vazia e nenhuma gota de álcool em nenhuma parte. No entanto, logo que me larguei na cama, o sono veio e me levou.

Não sei se existe realmente alguma ligação entre o rumo dos astros e o destino dos homens neste planeta. Só mais tarde fiquei sabendo, por pessoas bem informadas, que justamente à meia-noite daquele dia os aquarianos, em particular os do terceiro decanato, entraram em período de grande favorabilidade, devido às posições do Sol e de Júpiter. Enquanto eu dormia com a intenção de não acordar mais, o que só não era um suicídio porque a Ultragás cortara o fornecimento, imensas massas cósmicas, a dezenas de milhões de quilômetros, cumpriam suas missões astrológicas com incrível pontualidade e servilismo. Digo, porque no dia seguinte, pela manhã, um *boy* fardado, mensageiro de Aquário, mas que tinha no boné o nome da Mênfis Publicidade, bateu à minha porta, trazendo um sorriso e uma carta.

A Mênfis era das agências médias e pagava bem. Fui recebido por um homem que nunca vira antes, mas que miraculosamente tinha de mim as melhores informações. Confessou: precisava de alguém com minha garra, impacto e ambição. A primeira oferta que me fez era exatamente o dobro do que eu pediria. Como hesitei, porque uma mosca aquariana passou rente aos meus olhos, ofereceu o triplo. Negócio feito. Mas teria que iniciar imediatamente. Faria alguma objeção?

Durante uns dez dias, fiquei metido na agência para conhecer seus problemas, os clientes e o funcionamento dos diversos departamentos. Acima de mim havia apenas o Homem Providencial da Mênfis, mas este, já desencarnado, em estado nirvânico, apenas se atinha às questões da metafísica publicitária. Nas raras horas de folga, fui às lojas e abri crédito para aquisição de um guarda-roupa que ostentasse meu novo *status*. O primeiro fim de semana reservei para trazer minha mulher de volta ao lar e a reabrir meu crédito nos estabelecimentos do bairro com a simples exibição de minha carteira de trabalho, já com anotações frescas. Esse regresso à normalidade profissional e familiar, desde o registro no PIS e Fundo de Garantia à reforma, exorbitante, da minha geladeira e da máquina de lavar, tomou-me mais tempo do que calculava, o que sempre me impedia de procurar o Lorca para lhe prestar assistência.

Foi apenas ao receber o primeiro salário, já consolidado na agência, reconciliado com a mulher e cumprimentado pelos fornecedores do bairro, é que me sobrou um tempo para voltar ao Paribar e rever meu velho amigo. Retornei ao bar dos cento e tantos dias de roupa nova, bem barbeado e de unhas polidas. Chamei logo um *scotch* legítimo, à espera de que o Lorca aparecesse. Às sete e meia o simpático Fontana me bateu às costas, mas não gastei mais que um "olá!". Vi outros figurões sentados às mesas, drincando, conversando em voz baixa, porém não me concentrei neles. Sentia os pés no chão, forte, seguro e com o desejo de esnobar. Pensei que o Lorca pudesse ser meu *yes-men*, contanto que não enfumaçasse o toalete da agência com seus especiais. Valia a pena esperar mais meia hora, naquele delicioso fim de tarde, para lhe dar essa boa dica.

Como o Lorca não aparecia, resolvi perguntar por ele ao Pitchinin, o mais antigo garçom daquele bar, o baixote e robusto Pitchinin, que já nos dera um tonel de choro, e sempre fechava um olho quando a grana era curta.

– Tem visto o Lorca?

– O Lorca?

– Ele tem aparecido?

– Morreu.

– O Lorca???

– Morreu.

– Não brinca!

– Ontem, às cinco, aí na São Luís. Atropelado.

– Não diga, Pitchinin!

– Foi enterrado hoje cedo pela prefeitura.

– Como aconteceu?

– Andava desligado, no baratino. Disse que tinha sido despejado. Lembra daquela lâmpada? Morreu com ela na mão. Ia atravessar a rua, mas não viu a carreta.

O Pitchinin indicou o ponto exato do desastre. Fui lá e vi logo uma mancha escura no asfalto, pisada pelos transeuntes apressados. O corpo do Lorca, a roupa, a camisa azul-severo e tudo que ele fora sob os sulcos duma brecada tardia. Virara uma nódoa que os caminhões de limpeza pública, a jato de água, em breve limpariam. Permaneci algum tempo ali à espera de que passasse algum dos muitos amigos do Lorca que soubesse ou não do acidente para comentar. Não passou.

À noite, eu e minha mulher, de mãos dadas, assistimos nosso primeiro programa de televisão em cores. Bebia lentamente sem falar sobre o Lorca, mas pensando no que teriam sido seus últimos trinta dias, que tentativas fizera para sobreviver até que virasse uma nódoa no asfalto. A quem recorrera? Alguém lhe teria dito que eu conseguira emprego?

Nos dias seguintes, voltei lá, voltei à mancha escura na esquina da São Luís. Por que ele não me procurara? Ou por que eu não o procurara? Perguntas que já nascem sem respostas, que dispensam o próprio sinal de interrogação. Apenas doem e mais nada. Depois, tinha muito que fazer, bolar e planificar campanhas. Mostrar e provar que ainda estava em forma. Que competia. Eu precisava agarrar-me com unhas e dentes àquele emprego. Com unhas e dentes.

A escalação

A primeira pessoa que chegou à cobertura foi Laura Gray, naturalmente com vestido novo, preparada por fora e por dentro. Não era norte-americana; adotara o pseudônimo porque ocultava um ridículo sobrenome italiano e porque na mocidade tivera um caso de fim de semana, à beira-mar, com um tal Gray, quando perdeu a pureza, mas em compensação achou quatro letras de grande sedução para sua carreira artística.

Aldo, o mordomo de Danilo (Dani), sempre tão impessoal como aquele que Sartre bolou no *Huis Clos*, espécie de faxineiro do inferno, abriu a porta do apartamento e fez com que Laura entrasse no *living* surpreendida com a escassez de móveis. Dani, no palco e nos estúdios, também sempre optava pelos grandes espaços vazios que possibilitassem maior ação ao *cast*. Não gostava de ver ninguém escondido atrás de móveis, sentando-se e levantando-se a todo momento para fingir naturalidade. Seu *living*, pois, tinha muito do espaço infinito dos estúdios fotográficos que frustram qualquer truque do modelo. Sentindo-se quase nua ou observada por câmeras secretas, a atriz desnorteou-se.

– O que a senhora vai beber?

– Nada por enquanto.

– Temos um bom champanha.

Laura jamais recusava algo que lhe parecesse de bom-tom. Disse que sim, aceitaria, achando que a noite correria bem, apesar da tensão que causava aquele cenário desconhecido. Estava no desvio havia dois anos e o chamado de Dani a enchera de esperanças. Por isso, desde o elevador enfiara-se toda dentro do tipo que lhe dera prestígio, o duma balzaquiana grã-fina ou supostamente rica que sabe pisar o chão dum cenário sofisticado e que ainda, graças à traquejada elegância, arrebata ou tritura corações menos cautelosos. Sozinha, com o detalhe da taça de champanha na mão, passeou por toda a extensão do *living*, sob o olhar do Aldo, que logo retornou com a garrafa, envolta num guardanapo. Apesar de toda sua aparente estrutura, feita de material frágil, de mera resistência cênica, Laura precisava de diversas doses de qualquer coisa para desinibir. Certamente, não fora assim quando jovem, no início. Nos bons tempos, tinha a segurança das personagens que amava interpretar. Agora, depois dos dois anos de banco de reserva, já com a obrigação de demonstrar dez anos menos, apavorada com ângulos e luzes de operações plásticas, voltara a sofrer as indecisões e fraquezas da estreante. Champanha, era do que precisava. Com a taça renovada, voltou a circular sobre suas longas pernas. Movida a pilha etílica, precisava andar para mostrar como funcionava.

– Olá, criatura!

Laura voltou-se e viu, junto à porta de vidro que separava o *living* da sala de espera, o Sardini que, segundo ouvira dizer, seria o diretor.

– Não ouvi a campainha. Já estava aqui?

– Toquei três vezes. Deve estar muito nervosa. Os nervos atacam a visão, a audição, a voz, tudo. É o diabo!

– Não estou nervosa. Por que estaria? Dani mandou me chamar.

Sardini apertou a mão que ela não estendera.

– Eu que lembrei seu nome, querida.

– Você?

– Dani nem havia pensado em você. Mas por que está com a mão tão fria?

Laura afastou-se na direção do balde onde o champanha gelava. Sardini podia estar dizendo a verdade, mas a intenção era desde já colocá-la na órbita dos seus apaniguados, para cobrar de qualquer forma, mais tarde, o favor da escalação e obter sua aliança na longa conversa que naturalmente teriam com Dani àquela noite.

– Quem telefonou foi o assistente de Dani – ela lembrou.

– Preferi que o convite partisse dele para que ficasse mais comprometido.

– Ah, agora é você quem maneja o Dani?

– Somos carne e unha, todos sabem disso.

A memória de Laura voltou a funcionar:

– Mas da outra vez ele o passou pra trás. Seu diretor foi o Azevedo.

Sardini dirigiu-se espontaneamente ao bar-balcão para demonstrar que tinha liberdade no apartamento de Dani: podia servir-se de qualquer marca, tirar o paletó, praguejar, cuspir. Mas ficara nervoso, não tanto, embora o suficiente para atirá-la pela janela.

– Não acredita então que indiquei o seu nome? Não, não responda. Vou dizer ao Dani que você não serve para o papel, que me enganei, estava bêbado. (Pausa, depois dum gole.) Quer isso?

Laura baixou a cabeça reconhecendo que perdera o assalto.

– Então foi você quem me indicou?

Sardini, diziam, não era bom diretor. Sabia porém jogar com pausas, dramatizar o vazio. Esperou que a interrogação se esgotasse no ar e ordenou:

– Agradeça.

– O quê?

– Disse para me agradecer.

Laura virou a taça e com a voz molhada obteve uma entonação convincente.

– Estou agradecida, Sardini.

Depois veio o conselho, próximo, bloqueando sua tentativa de passeio:

– Espero que agarre o papel com unhas e dentes. Se você perder esta, cairá do cavalo para sempre, e não vá dizer depois que lhe puxaram o tapete.

A atriz sentiu que o assunto estava encerrado; dali por diante não poderia questionar mais se fora ou não indicada por Dani. Tinha que se colocar ao lado de Sardini, concordar com ele e ajudá-lo caso precisasse de mais mãos para amassar alguém. Ou mãos de empréstimo, se a estratégia mandasse conservar as suas nos bolsos. Achou que tomaria sozinha toda a garrafa de champanha.

Sardini sentou-se numa poltrona, numa atitude de paciente espera, cônscio de que Dani costumava se fazer esperar por maior interesse que tivesse em jogo. Inclusive fechou os olhos, imitando o sono dos despreocupados. E assim permaneceu, com os pés sobre um pufe, mesmo após a entrada de Otávio, o escritor, cuja presença surpreendeu Laura, pois todos sabiam que, por excesso de álcool, permanente rebeldia e choques com a censura, frequentemente era alijado de todas as escalações.

– Aqui estou, Laura – exclamou Otávio com a enganosa suposição de quem se julga indispensável. – Afinal, vamos trabalhar juntos, não? – Seguiu até Sardini que ainda não abrira os olhos. – Quem diria que é capaz de dormir como qualquer bebê? Aposto que tem sonhos lindos.

Sardini abriu os olhos:

– Olá!

Laura pegou sua raqueta e deu o saque:

– E Otávio, também foi escalado por você?

Sardini voltou a cerrar os olhos:

– Não.

Otávio detestava Sardini havia quinze anos e diante da negativa sentiu que tinha gás e saúde para mais quinze.

– Me agrada saber que estou aqui contra a sua vontade. Esta é a primeira vez que perde uma parada para mim. Vou beber para comemorar – concluiu, dirigindo-se ao bar.

Sardini saltou de pé:

– Já se julga escalado?

O experiente Otávio, com seu currículo de tombos, sabia que não, mas quem jogava com Sardini não podia mostrar um tostão de medo, senão estaria perdido. Procurou o rótulo mais caro do bar e serviu-se, pensando na resposta.

– Dani falou comigo pessoalmente.

– Pessoalmente?

– E me ofereceu o contrato em melhores bases do que pretendia.

– Quantos uísques ele já tinha tomado?

– Nenhum, Sardini. Foi hoje às onze da manhã. Ele só bebe à noitinha, você sabe. Estava bastante lúcido. Disse que pensara em muitos nomes, peneirou bastante até se decidir por mim. É definitivo, senhor diretor. Desta vez terá que me engolir.

Sardini tinha muita cancha de levar golpes na cara, mas era um sonado que sempre encontrara fôlego para reação. Não em tom de ameaça, porém de casual advertência, lembrou:

– Esta é uma corrida de obstáculos, Otávio. E o tiro de partida ainda nem foi dado. Não cante vitória. Isso não é bom. Em todo caso, dou-lhe um lance de vantagem. Fique sabendo que farei o possível para derrubá-lo. Esteja em guarda.

– Obrigado pelo aviso, mas era desnecessário. Sempre esteve contra mim. Mas agora Dani quer que eu escreva. Posso não ser o melhor, porém ele decidiu.

– Não diga a Dani que confia nele tanto assim. Ele é capaz de morrer de rir.

A Otávio não servia uma discussão tão cedo. Devia poupar-se e descontrair pelo álcool. Sentou-se e, vendo Laura Gray de pé, achou que estava muito bonita, apesar da idade, e que talvez tivesse agora a oportunidade de dormir com ela depois da recusa que ouvira há vinte anos. Pensou em aproximar-se, nostálgico, mas notou que mesmo de olhos colados Sardini a dominava. Atrizes e atores em fase ascendente ou decrescente sempre dependiam dele, pois era um gênio reconhecido em manter pessoas na corda bamba. Os que tinham dificuldade em subir ou receio de cair acabavam segurando-se nele, engrossando a fileira dos agradecidos e dos que contribuíam para melhorar sua imagem. Otávio sabia tudo sobre Sardini, apenas ignorava como derrotá-lo. Por isso já se arrependia de ter revelado muito cedo o seu trunfo, acionando todos os mecanismos de ataque e defesa do seu incansável inimigo. Agora era esperar que Dani chegasse. Logo no primeiro momento já saberia se fora honesto ou não pela manhã. Não estava seguro, pois a vivência ensinara-lhe que os poderosos só têm compromissos com seus interesses, que podem mudar ou aprimorar duma hora para outra.

Laura continuou dando seus passeios pelo *living*, com ou sem a taça de champanha na mão, Sardini na poltrona, olhos fechados e pés no pufe e Otávio plantado junto à janela, olhando difusamente para a cidade do vigésimo quinto andar do edifício, lembrando outras noites que lá estivera e que saíra derrotado. Todos os três sob o olhar do Aldo, mais sartriano que nunca na sua muda e irônica observação, quando tocou a campainha e Roberto Malta chegou com sua exuberância e certeza.

– Eh, o que é isso? Um velório? O que faz nessa janela, Otávio? Vai se jogar? Não faça isso: o asfalto está molhado.

Certamente Roberto, o galã mais amado e bem pago do país, não pertencia ao *staff* do Dani, não era homem de cúpula, mas suas opiniões costumavam ser acatadas porque ele representava a força e o prestígio populares. Por outro lado, convocá-lo para participar duma escalação era a garantia de contar com seu charme no elenco. Dani queria envolvê-lo desde o início para que cedo ficasse tarde para escapar ou pedir um salário que estourasse o orçamento. Afinal, o homem que estava lá dentro, fazendo-se esperar, criando tensão pela ausência, não dava ponto sem nó, embora ninguém ainda entendesse que nó significava a chamada de Laura, tão fora de forma e cartaz, numa angustiosa noite de decisões.

– Espero que o rei não demore – disse Roberto Malta. E aduziu, voltando-se ao faxineiro do inferno: – Diga a ele que tenho outro compromisso.

Aldo ouviu e não se moveu um único milímetro, o que divertiu Sardini. Mas era pouco: simulando uma ordem, ergueu a voz:

– Não ouviu o que ele mandou? Vá chamar o rei! – E, como o mordomo de molas ainda não se movesse, Sardini concluiu para o entendimento do galã: – Todos aqui são iguais diante de Dani. Se está com pressa, considere-se fora do elenco.

Roberto engrenou alguns passos na direção da porta, mas como ninguém pretendesse impedir sua retirada, muito pelo contrário, deu uma paradinha, girou sobre os calcanhares e foi ao bar saciar uma sede improvisada. Todos os seus movimentos de artista eram normais e os treinados músculos da face sustinham um sorriso pouco contagiante. Levou a mão atrás da orelha, onde devia haver uma pulga: naquela manhã lera, numa das malditas colunas, que Dani descobrira e talvez contratasse um bonitão de 23 anos que ganhara num auditório um concurso de beleza masculina. Não dera importância no momento, porém qualquer minúcia, pilhéria, informação, tudo ficava alarmantemente significativo no apartamento de Dani. Pensando nisso, num provável concorrente, dezesseis anos mais moço, arriscou uma pergunta:

– Vem alguém mais?

Sardini, o único que ouviu, sacudiu os ombros como se não soubesse, e de fato não devia saber.

Então, vestindo um robe dum azul pesado, de bom efeito para entradas inesperadas, e só pressentido pelo diligente mordomo, Danilo surgiu no *living* sem cumprimentos como se estivesse com muita pressa para acabar tudo.

– Não estou disposto a amanhecer discutindo – foi dizendo. – Mas não tenham ilusões, isso me dá dinheiro.

Sardini, com sua maldade viciosa ou interesse em descartar o galã, lembrou:

– Roberto tem outro compromisso.

Dani tinha despertador e hora certa para imobilizar ou destruir alguém e aquele não era o momento de Roberto. Geralmente, começava fraturando as tíbias do mais forte, mas às vezes não acontecia assim. O certo, todos sabiam ou sentiam mais que sabiam, o rei, como sempre e sempre mais nessas ocasiões, tinha pavor que um fracasso inesperado ou incontrolável interrompesse sua sequência de sucessos. A derrota, a queda para ele estava sempre perto, rondando, magnética e hipnótica, como sua irmã gêmea. E esse medo diário e diurno à noite se agravava como qualquer febre ou doença.

– Foi o que ele lhe disse, Sardini, mas não me disse. Podem descontrair, amigos – propôs Dani como se fosse a ordem dum gato aos ratos da vizinhança.

Aldo aproximou-se e entregou-lhe papel e esferográfica; Laura emocionou-se pois nunca estivera numa lista de Dani e Otávio lembrou das vezes que fora incluído e riscado depois. Roberto, ao contrário, nunca estivera fora, e Sardini jamais entendera por que fora excluído da última vez. Apenas o mordomo estava tranquilo, lustrando seu tridente com um trapo de camurça.

– O que acha do Paulino para fazer o papel do Neco, o garotão? – perguntou Sardini, tentando pôr no poleiro o primeiro de seus apaniguados.

Dani apontou o polegar para baixo sem comentário. O escritor gostou disso, pois a negativa romana acabava com um dos gladiadores do Sardini. Isso valeu mais um gole para Otávio, crendo que o César da cobertura não iria pela cabeça do diretor.

– Vou colocar no papel o sobrinho dum patrocinador – esclareceu Dani. – É inexperiente, mas você vai ter que se virar com ele. Tem um personagem aqui, Gustavo. Quem pode fazer isso?

Então Otávio entendeu por que estava ali entre rótulos e especiarias. A sua hora e vez ainda não chegara. Desde as onze, quando encontrara o Dani e recebera o convite, vinha ruminando uma ilusão.

– Quero uma explicação – disse o escritor.

Sem ouvi-lo, Dani repetiu:

– Gustavo, quem pode fazer?

– Dê o papel para o Edgar – sugeriu Sardini. – Ele tem melhorado muito. Pode dar, eu me responsabilizo.

Dani ainda vacilava, o que possibilitou uma nova investida de Otávio, já de pé sem copo na mão.

– Agora quero saber tudo. Que história é essa de Neco e Gustavo? Ainda não escrevi nada. Pensei que fôssemos discutir *script*. Aliás, trouxe uma sinopse no bolso. O trabalho vai ser meu, não?

As perguntas exigiam respostas diretas, mas Otávio sentiu-se incomodado ao ver que os olhares convergiam para ele, inclusive os do irreal mordomo de Dani. Seria ele um marido enganado, o último a saber? No entanto, ninguém apressava-se em responder, muito menos o homem do robe, que voltou a segurar a esferográfica.

– O Edgar é uma bicha louca, não dá.

– Me responsabilizo, chefe.

– Assunto encerrado: não dá. Vou escalar o Pedro. O papel lhe cai como uma luva.

Otávio imaginou num espelho o ridículo de sua situação no meio do *living*, fazendo perguntas que nem mereciam respostas, embora seu emprego, salário e continuidade fossem o tema. Olhou para Roberto, que moveu a cabeça como se a estimulá-lo.

– Espere, Dani... Preciso duma explicação. Vou fazer o *script*, não vou?

– Alguém disse que não?

– Então, se não escrevi nada, como já existem personagens?

– Já existe um resumo – disse Dani com a calma que antecedia suas tempestades. – Você terá apenas que desenvolvê-lo. Uns acham que é capaz.

Otávio olhou um a um, mas o galã, pondo gelo em seu copo, não mais o estimulava. Já havia uma história, o que significava que não faria jus a um alto salário. A mesma proposta teria sido feita a outros, que a recusaram. Não queriam propriamente um autor, mas um redator, submisso a todas maquinações. Se houvesse sucesso, não lhe caberia honra alguma como mero executante. Tirou sua sinopse do bolso e chegou-se a Dani.

– Não li sua sinopse, mas tenho uma muito boa. Escrevi e reescrevi isso muitas vezes e sei que tem força. Perca dez minutos e leia.

Dani pegou as três ou quatro páginas que Otávio lhe oferecia e sem o menor esforço ou hesitação, como se atendendo a um pedido do próprio convidado, rasgou-as e depositou os pedaços na mão do mordomo, que saiu com o lixo. Sardini foi o único que riu. Roberto adiantou-se e, conduzindo o escritor pelo ombro, afastou-se na direção do bar.

– Não irrite o Dani – pediu.

– Mas minha história é boa – balbuciou Otávio.

– Aceite o que ele propõe. Você não está em condições de discutir.

A essa altura ficara patente para Sardini e Laura que Otávio mentira ao dizer que Dani lhe falara em bom ordenado. Humilhado também por isso, o escritor refugiou-se no bar, cheio de ódio, mas incapaz de reação. Ficou como mero espectador, enquanto o infame tetrarca pedia aos presentes opiniões e palpites que instantaneamente recusava.

– Dê esse papel ao Carlão – disse Sardini. – Ele ganhou o prêmio de melhor coadjuvante.

– Ganhou?

– Ganhou.

– Então vai ficar no banco para que não dê tanto valor a esses trofeuzinhos.

Era o tipo de humor predileto do Dani. Por outro lado, jamais escalava alguém cuja fama não lhe devia. Quem entrasse no seu elenco precisava fazê-lo de cabeça baixa, sem rebeldia ou pretensões, ciente de que poderia ser podado a qualquer momento, como previa o contrato. Quem viera da sarjeta como Danilo Oliveira da Silva, dos porões da sociedade, abrindo seu caminho a socos e pontapés, não podia bancar o bonzinho, pois a auréola de santo às vezes ajusta-se perfeitamente ao pescoço como forca.

Aí Aldo aproximou-se e disse que chegara alguém.

– O Pontes.

– Está bêbado?

– Parece que sim.

– Não lhe pedi que viesse aqui. É atrevimento demais! Diga que não posso recebê-lo.

Aldo não teve tempo para isso, pois, empurrando a porta de vidro, o Pontes, um velho ator que muitos julgavam morto, entrou na sala. Estava bêbado, sim, e com uma alegria de quem ganhara na loteca.

O produtor levantou-se para jogá-lo para fora pessoalmente, atitude democrática que tomava às vezes.

– Saia, Pontes. Não lhe disse que o papel é do Simão, não lhe disse isso, seu bêbado?

– Disse, lembro, por isso que estou aqui.

– Vamos. Suma. Pegue a reta.

Pontes segurou Dani pelos ombros:

– O Simão... O Simão foi atropelado. Estive no hospital. Dei-lhe sangue. Ele está mal. Vai passar o resto da vida numa cadeira de rodas. Então, o papel é meu, não?

Dani riu, soltou o riso lentamente:

– Isso é para aqueles que não acreditam em Deus – disse à sua plateia. – Este homem acaba de ser beneficiado pela Providência. Bem, meu sócio lá em cima sabe o que faz. – Dirigiu-se a Sardini. – Ponha o Pontes no elenco.

O bêbado Pontes beijou Dani na testa e cumprimentou os outros, um a um, inclusive o Otávio, mão mole, que parecia ter deslocado o pulso, e então pediu bebida. Laura foi a única que quis saber em que hospital o colega estava internado, mas Pontes em sua justa euforia não lembrava.

A escalação continuou, Dani sempre atento para peneirar atores com força no sindicato, nordestinos, bichas, sapatões e contestadores da revolução. Vetava também nomes muito badalados pelas colunas, que sonhavam com grandes salários. Certamente, as simpatias ou antipatias pessoais eram decisivas, bem como o pedido de pessoas influentes. Os que não entravam mesmo eram os velhos amigos de Dani, os companheiros das vacas magras, que faziam de tudo para segurar-lhe no saco ou relembrar históricos favores.

– Parece que chegamos ao fim – disse Sardini um tanto aliviado.

– Falta um nome.

– Qual?

– Ponha aí o bonitão que ganhou o concurso de beleza masculina. Já o contratei hoje à tarde.

Todos olharam para Roberto com a curiosidade de quem acompanha o chute de um pênalti. O galã que todos amavam abriu a boca num visual elementar de espanto. Ocorreu a Otávio que a vida como ela é não é bem interpretada. Apenas no palco ou no estúdio é que ela expressa seu total realismo. A voz que Roberto emitiu também era má, de dublagem malfeita.

– Está dizendo que aquele garoto vai ser o galã?

– Estou dizendo – respondeu Dani, em tão poucas palavras dando uma lição de como se representa no Actor's Studio. Vinte milhões de mulheres vão querer dormir com ele. Inclusive nossas noivas, irmãs e mulheres. Não me refiro à mamãe porque ela tem catarata nas duas vistas.

– E eu? – explodiu Roberto. – O que vou fazer? E o que estou fazendo aqui?

– Jamais eu o deixaria perdido na floresta, Roberto. Você vai ser o pai do galã.

– Pai? Eu, pai?

– Não se preocupe, você vai convencer como pai do garoto. Ninguém dá para ele mais que dezenove. Com aquela pinta, não poderia ter um pai feio, e ainda está em forma, Roberto.

Era a primeira vez que o amado galã ia fazer papel de pai, a não ser de bebezinhos. Pai dum moço de um metro e oitenta, um pai simpático, moderno, camaradão, mas com armas e bagagens para se tornar um avô. Para um galã profissional isso é o começo do fim ou já é o fim.

– Eu não posso aceitar, Dani – murmurou Roberto, agora, sim, com boa entonação e performance. – Tenho 39 anos mas ainda não estou velho. Se aceitasse, perderia o cartaz, mudaria minha imagem, estaria perdido.

– Nada como o tempo para passar – comentou Dani lembrando uma frase que lera ou ouvira. – Você já é um balzaquiano, Roberto. Tem espelho, não tem? A história pede dois galãs, um jovem e um maduro. Você vai ser o maduro. Não podemos colocar um coroa de cinquenta no seu lugar.

– Escale outro, Dani. Livre-me desta.

– Não gostaria de fazer?

– Não, sinceramente.

Dani humanizou-se com um sorriso:

– É lamentável, Roberto, é lamentável que tenha um contrato de dois anos. E ele não especifica que tipo de papel deve ou não fazer. Você não tem escolha, amigo velho.

– Mas eu posso me recusar.

– Pode até não fazer, nenhum contrato é tão rígido assim. Mas terá que pagar a multa contratual, que é de cinquenta por cento. Mais de um milhão de cruzeiros. Assine um cheque e não se toca mais no caso.

Sardini levantou-se e foi rir à janela, a face voltada para a madrugada. O intocável e pretensioso galã, que tanto trabalho dava aos que o dirigiam, nunca aceitando conselhos ou advertências, intransigente na assinatura dos contratos, sofria sua primeira e grande derrota. Mais de um milhão de cruzeiros de multa, para trabalhar onde, depois? Sardini depois do riso de desabafo, aliviado, voltou a acompanhar a empolgante cena, com o interesse e concentração de quem pagaria mil por uma poltrona de primeira fila.

– Dani, eu não tenho esse dinheiro. Você sabe.

– Qualquer banco ou pessoa lhe emprestaria.

– Sabendo que estou sem contrato? Nunca.

Dani, o magnânimo, propôs:

– Eu mesmo lhe empresto com uma promissória para trinta dias.

Roberto chegou-se a Dani, tocou-o, desarvorado.

– As fãs querem me ver como galã. O público exige que eu encabece o elenco, conquiste a dama-galã, lute contra todo mundo e case com ela. Foi sempre assim. Isso não pode mudar, Dani. Reserve o novo galã para outro *script*.

– Já pensei muito nisso, Roberto. Mas de fato não cheguei a nenhuma conclusão. Por isso mandei fazer uma pesquisa. Você sempre acreditou em pesquisa, não? Porque sabia que lhe favorecia.

– Mandou fazer uma pesquisa? – indagou, incrédulo, Roberto, afeito aos seus blefes.

– Mandei.

– Não é verdade.

– É.

– Prove isso.

Dani deu alguns passos até um móvel e voltou com uma pasta que entregou a Roberto; ocupou-se em seguida de finalizar a escalação em nada preocupado com a reação que o ai-jesus do passado pudesse ter. Olhou então para Laura e, esboçando o que parecia ser um sorriso, anunciou:

– Vai ter sua grande oportunidade, Laura.

Ouviu-se um ruído: era a pasta da pesquisa que Roberto atirava ao chão com toda a força. Pela primeira vez o viam descontrolado, o que poderia ser bom entretenimento.

– Isto aqui é falso! Estes números mentem. Não é possível! Aqui apareço em quarto lugar na preferência. Sempre estive em primeiro. Apenas o anão Jujuba às vezes aparecia na minha frente! – Chegou-se, envelhecido, sim, envelhecido, a Sardini e perguntou:

– Você acredita nisso? – E como o diretor nada respondesse deu um passo, ficando cara a cara com Pontes: – Acredita?

– Não entendo dessas coisas.

– Ainda ontem saí para fazer compras. Nem pude descer do carro. As fãs me cercaram, me rasgaram a camisa, tive que me refugiar na loja. Como nos melhores tempos! E essa pesquisa vem dizer que minha popularidade está caindo...

Dani, com cera nos ouvidos, pegou com as suas as duas mãos de Laura Gray e, com sorriso que só Bela Lugosi seria capaz de produzir, repetiu e prosseguiu:

– Sua grande oportunidade, minha boa Laura. Vai ser a amada esposa e o sincero amor do nosso querido Robertão. Aposto que nunca fez par com um ator tão importante. O quarto da preferência popular!

Ninguém viu ou ouviu a locomotiva, mas ela entrou no *living* e jogou Roberto contra a parede. Pontes, gaiato, viu-o com as duas mãos no vértice das pernas.

– Eh, Dani, essa é demais.

Roberto continuava como o centro do espetáculo; Sardini estava empolgado, Otávio encheu mais uma dose. Pontes procurou melhor ângulo para ver e Laura sentiu-se antecipadamente ofendida.

– Demais por quê? – ela perguntou. – Não mereço fazer o papel de sua mulher?

O galã mesclou desculpas com argumentos:

– Não é o que quero dizer. Eu adoro você, Laura, respeito-a. Mas você não pode ser minha mulher. É mais velha que eu, todos sabem que é mais velha que eu e, embora seja boa atriz, está esquecida há muitos anos! Nós não combinamos como par. Me perdoe, Laura, mas todo mundo vai pensar assim...

– Você está me chamando de velha?

– Eu não estou chamando você de velha.

– Veja suas olheiras! Essas bolsas debaixo dos olhos! Até os cabelos está perdendo! Por que não pode ser meu marido?

– Laura, não quero ofendê-la, mas aparenta muito mais idade que eu... Depois, sempre fez papel de mãe, de tia, de viúva. Tem boa presença, concordo, mas para uma balzaquiana. Você não passa como uma jovem mãe: é uma coroona bem conservada. Eu teria que pintar os cabelos de branco para convencer como seu marido.

Laura deu uma gargalhada, ofendida, mas vitoriosa, e foi abraçar, de corpo inteiro, o rei, permanecendo agarrada a ele no seu desabafo convulsivo. Dani não a acompanhava em sua alegria e vingança, com os olhos fixos em Roberto, como se algo que ele dissera o impressionara. Afinal, tinha-os todos atados em seus dedos, de onde saíam os cordéis das marionetes.

– E com outra você trabalharia? Por exemplo: Bárbara. Acho que formariam um belíssimo par. Ela é um tanto nova, para ser mãe do garoto, mas o que importa a realidade?

Roberto sacudiu a cabeça:

– Está certo. Com ela trabalho.

Aí o *spotlight* focou o rosto de Laura, que brecou seu riso tão instantaneamente que se ouviu a derrapagem do seu coração. Ela olhou para Dani, para Roberto, para os dois, e, entendendo que a atiravam para fora do elenco para retocar conciliações, rompeu seu cordel de marionete e começou a protestar:

– Mas o papel era meu, não era? Dani, você falou. Vai mudar só porque ele quer? Não vai fazer isso comigo, não? Você faria, Dani? Esperei dois anos por uma chance. O papel foi feito pra mim, eu sinto.

Dani passou a mão amiga no rosto de Laura:

– Você é uma mulher superelegante e entende de moda. Vai tomar conta do guarda-roupa.

– Disse tomar conta do guarda-roupa? Dani, está brincando?

O produtor foi ao telefone. Consultou uma agenda e começou a discar. Roberto adiantou-se e disse-lhe baixo:

– É melhor não fazer isso diante dela.

Dani concordou e saiu do *living* para telefonar a Bárbara do seu escritório. Dera um belo lance, conservando Roberto no elenco, em segundo plano, abrindo caminho para um novo galã, e sem desgostá-lo completamente. A experiência ensinara-lhe que a melhor técnica era sempre tirar tudo e depois oferecer ou recuar um pouco. No escritório, encostou-se à mesa e começou a discar. Esquecera, porém, de fechar a porta. Totalmente fora de si, como uma nau sem rumo na tempestade, Laura surgiu diante dele, tentando impedir que completasse a ligação. Dani empurrou-a, jogando-a sobre um divã. Voltou a discar, vendo a atriz, que de quatro, numa posição ridícula, caminhava até ele. Não entendeu a princípio o que ela pretendia naquela postura. Mas ao discar o primeiro número, sentiu os dedos dela na braguilha de sua calça. Discou outro e mais outro, porém espaçadamente. Enquanto isso, Laura agia depressa, já tendo desabotoado alguns botões e começado a puxar, com a ponta dos dedos, o pênis do produtor para fora da calça. Dani não a impediu e discou os sete números. Ouvindo o chamado, sentiu a boca de Laura procurando fazer com o maior requinte aquilo que normalmente já sabia fazer bem. Contraindo todo o rosto, mantinha o fone no ouvido, desejoso de que não atendessem naquele precipitar de emoções. Já vivera muitas com suas atrizes e protegidas, mas aquela era nova, e o imprevisto agradara-lhe. Atenderam, afinal, e ouviu uma voz.

Perguntou:

– Bárbara?

Ouviu dizer que ela não estava em casa e, sem outra pergunta ou agradecimento, foi desligando o telefone, já todo voltado para Laura, que se agarrara às suas pernas, quase na altura da cintura, enquanto ele firmou as mãos em sua cabeça, imprimindo-lhe movimentos contínuos para facilitar tudo. No final, notou que Laura hesitava ou resistia, e que já tentava levantar-se. Não era homem de implorar, humilhação que seu posto não permitia, mas podia prometer:

– Vamos que o papel é seu.

Laura deixou que ele movimentasse sua cabeça com suas mãos enérgicas sem perceber que alguém empurrara a porta por um instante para dar a Dani algum recado. Momentos depois, ela erguia-se e corria para o banheiro, ainda de cabeça baixa, com a peruca fora de lugar, enquanto o rei abotoava-se, recompunha o robe e dirigia-se para o *living*, com a dignidade inerente a sua posição.

Ao voltar ao salão, Dani teve uma surpresa, que logo imaginou ser coisa de seu sócio lá de cima: a esplendorosa mulher que lhe abria os braços, dentro de um casaco de pele, e que já o beijava com a gratidão que as atrizes sabem expressar nos lábios, festejada por todos os presentes, era BÁRBARA! O produtor puxou-a para junto de si, vendo o galã sorrir, parcialmente recuperado dos golpes recebidos.

– Soube que estou no elenco – disse Bárbara. – Roberto me contou tudo. E pra mim não importa fazer o papel de mãe.

– Claro que está – respondeu Dani. – Amanhã assinaremos os contratos.

– Você não vai se arrepender, Dani – garantiu Bárbara, abraçando-o ainda.

– Nunca me arrependo do que faço.

Dani tinha dito isso ou qualquer outra coisa assim quando Laura Gray depois de ter lavado a boca e recolocado a peruca entrou no *living*. O visual explicou tudo. Recebeu o choque e ficou paralisada a olhar para Bárbara e Dani. Que maldita ideia ela tivera de ir lá aquela noite!

– A Laura aí também está conosco – informou Dani à moça do casaco. – Vai cuidar do guarda-roupa. Tem um incomparável bom gosto.

Pontes, aquele que abrira a porta do escritório e vira tudo, pegou Laura pelo braço e levou-a ao bar.

– Vai precisar dum tremendo gole, não?

– Como ela apareceu aqui?

– Sei lá! Simplesmente apareceu. Telepatia ou coisa assim.

– Acho que não vou aceitar o lugar de roupeira – disse Laura.

– Depende de quanto tem no banco.

– Nada – disse Laura. – Amaldiçoadamente nada. Há dois anos que não trabalho.

– Vou lhe vender um conselho. Pague quando puder: aceite.

– Devo aceitar?

– E continue fazendo também aquilo que fez a Dani no escritório. Ia entrando para avisar que Bárbara chegara e vi tudo. Continue, Laura. É sempre uma forma de intimidade com os poderosos.

Laura pegou um copo que Pontes lhe passava, virou, largou-se numa poltrona e apagou-se por algum tempo. Não viu Sardini que, volteando o corpo de Dani com o braço, congratulava-o, entusiasmado.

– Foi uma boa substituição: trocar Laura por Bárbara.

– Acha que sim, amigo?

– O mundo acha.

– Como ela deu as caras aqui? Foi a primeira vez.

– Não sei.

– Tinha pedido para ela vir?

Sardini vacilou porque Dani não apreciava que ele se adiantasse mesmo nas boas decisões.

– Que tal um pouco de mistério?

– Mas há um problema, querido.

– Qual?

– Bárbara vai querer no mínimo o dobro do que Laura aceitaria. Ou o triplo. E o orçamento já está estourado, sabia? Portanto, espero que me desculpe.

– Desculpar o que, Dani?

– O aumento que lhe prometia... miau. Parte do dinheiro de Bárbara vai sair do seu.

Sardini não podia entender, não queria entender.

– Não pode tirar esse dinheiro de outra despesa ou pessoa?

– Não, meu faixa.

– Mas não posso ficar mais seis meses ou um ano com o mesmo salário.

– Eu também penso assim. Aliás, por causa disso que convoquei a Laura. Penso em tudo. Mas você foi um entusiasta da troca, não foi? Não abriu a boca uma só vez para defendê-la.

– Mas não pensava que a coisa me atingisse!

– Realmente não pensou.

– Bem, e eu como fico?

– A resposta é sua. Não ignora que posso contratar um bom diretor pela metade do que lhe pago. – E com voz doce e firme arrematou, olhando para a porta de vidro: – Se não está satisfeito, dê um tchau à turma, e pode ir indo que me incumbo do resto.

Sardini nem fez cara feia, riu e acendeu um cigarro. Já imaginava que não sairia ileso daquele engavetamento de vagões. Todos já tinham suas escoriações e fraturas.

– Não quero desequilibrar o orçamento – disse com alta e covarde sabedoria. – Jamais lhe criei problemas. Posso me sacrificar mais um ano.

Dani deu uma boa gargalhada.

– Será fácil! Não temos inflação! Agora vou bater um papinho com Bárbara. Ela está realmente sedutora. Ou eu estou muito feliz. Tive até agora uma noite perfeita. Até o atropelamento! O Pontes trabalha por qualquer ninharia.

Sardini, quando Dani se afastou, sentiu por ele um grande ódio e uma grande impotência. Que adiantara maquinar tanto, se era mais uma das vítimas? Secretamente seria o maior inimigo do rei, e ao menos tentaria jogar todos contra ele até que seu trabalho se tornasse impossível. Viu Otávio indo para o interior, com certeza para o banheiro. Foi atrás.

Otávio urinava seu uísque quando ouviu leves batidas na porta. Abriu e viu Sardini com uma nova cara que supôs ser de borracha. Mas não era.

– Preciso falar com você – disse o diretor. – Mas boca de siri, faz de conta que não lhe contei nada.

– Sobre?

– O *script*.

– O que tem o *script?*

– É seu.

– O meu foi rasgado em mil pedaços, como você viu.

Sardini tinha jogado uma grana na mão de Otávio.

– Me refiro a uma sinopse que você fez há um ano, mais ou menos, e que Dani recusou. Está lembrado?

– Ele já me recusou umas três.

– A que se passa num colégio de moças.

– A do colégio de moças? Sim. É minha. Ele disse que era uma droga e não quis.

– É esse *script* que vai.

– Mas ele lembra que é meu?

– Claro que lembra. Por isso o convidou para desenvolvê-lo. Assim não poderá acusar ninguém de plágio e ganhará como mero redator daquilo que você próprio criou. No lugar de cem mil por mês, receberá no máximo trinta. E não poderá dar bronca.

– Mas aqueles nomes, Neco, Gustavo, não são de minha sinopse.

– Dani é esperto: mudou os nomes e fez algumas alterações no *script* para você engolir o sapo e calar a boca. Entendeu?

Otávio pôs a grana no bolso e voltou ao *living* arrasado. Dani queria que o próprio autor endossasse o plágio. Um plano diabólico e mesquinho, envolvendo um pobre-diabo que não tinha possibilidades de protestar. Pisara em todos aquela noite. E que pisão dera em Sardini para ele se bandear? A primeira pessoa que viu foi Laura, ainda largada na poltrona, com os olhos no infinito. Roberto conversava com um novo personagem que chegara, o tal jovem que vencera o concurso de beleza masculina e que encabeçaria o elenco; parecia, pelo menos por fora, mais conformado. Pontes com um papel na mão lia e relia seu nome na escalação; durante algum tempo, teria dinheiro para comer, afastando temporariamente a possibilidade da Casa do Ator. Num canto, sentados, estavam Dani e Bárbara, ele falando baixinho e ela encantada com a atenção que o rei lhe dispensava. Otávio foi ao bar; serviu-se nova dose bem reforçada, ainda não crendo totalmente no que Sardini confidenciara quando o diretor passou por ele e enfiou-lhe na mão quatro folhas datilografadas. O modesto escrevente florentino pegou o *script* e foi lê-lo sentado ao lado dum dos abajures do *living*. Antes de concluir a leitura da primeira página, já solidificara a certeza: era o seu, era o que escrevera e fora recusado por Dani no ano passado.

Dani dava uns beijinhos fraternos no rosto de Bárbara, esquecendo a mão sobre suas coxas, quando o insignificante *playwrighter* aproximou-se e foi dizendo, como se pertencesse à sua corte:

– Preciso falar com você, Dani.
– Amanhã, às onze, em meu escritório.
– Tem que ser hoje.
– Então comece.
– Assunto particular.
– Se é sobre dinheiro, amanhã às onze.
– Não é sobre dinheiro.

Dani deu outro beijinho na rosto de Bárbara, levantou-se e seguiu para o escritório, acompanhado de perto por Otávio. Disfarçadamente, Sardini observava o lance, enquanto puxava qualquer conversa com o mordomo.

Ao chegarem ao escritório, Dani disse a Otávio:

– Não torne a fazer o que fez. Detesto ser perturbado quando estou com um dos meus convidados.

– Eu li a sinopse – declarou Otávio.
– Para dizer isso que me chamou aqui?
– Eu já a conhecia há mais de um ano.
– Gostou? – perguntou Dani sem se alterar.
– Ela é minha! Eu a escrevi. Você a recusou, está lembrado?

Dani sacudiu os ombros; é uma observação comum, mas foi o que fez.

– Todas as histórias se parecem um pouco.

– O que você quer? Que eu faça um plágio de meu próprio trabalho?

– Melhor do que ser plagiado por outro, não? Até que fui camarada.

– Mas quero ganhar um salário normal, isto é, ganhar o que cabe a uma história original, e não por simples adaptação.

Dani, o apelido de Danilo Oliveira da Silva, oferecia falsa intimidade para os incautos. Na realidade, não gostava de ser tratado como um igual e que levantassem a voz como se lhe dessem ordens. Fechou a cara:

– Volte ao salão, Otávio. E tome um digestivo. Está bêbado.
– Não estou bêbado.

– Amanhã vai arrepender-se do que está me dizendo, todos se arrependem quando falam assim comigo e depois voltam com as calças na mão.

– Dani, se a sinopse é minha, exijo o pagamento que mereço. Trinta mil é pouco para um escritor que cria.

– Quem falou em trinta?

– É o que estou supondo.

– Pois vai levar vinte e dar graças a Deus.

– Graças a Deus?

– Bem sabe que ninguém lhe oferece nada devido às suas ligações com o Partido Comunista.

– Não tenho ligações com partido algum nem me interesso mais por política.

– Se não tem, já teve, e é a mesma coisa. Vamos assinar o *script* juntos: Danilo Oliveira da Silva e Otávio Monteiro, assim a censura não implicará com seu nome e você ganhará tranquilamente o seu dinheiro. Agora vá tomar o digestivo.

Otávio quis dizer qualquer coisa, mas Dani saiu do escritório satisfeito por imaginar ter posto tudo em pratos limpos. O escritor continuou lá, pensando no que fazer, quando o mordomo entrou.

– Seu Dani não gosta que ninguém fique aqui.

Otávio deu uns passos na direção da porta e, ao passar pelo mordomo, empurrou-o, dirigindo-se ao salão, furioso. Adaptador e coautor do seu próprio trabalho! Seria assim tão dócil que qualquer um o amaciaria com algumas doses de uísque? Mas talvez apenas estivesse bêbado, como Dani dissera. Roberto, com todo o seu cartaz, fora dobrado. Laura convertida em roupeira e Sardini também devia ter levado seus pontapés no saco. Colocar o rabo entre as pernas era sempre para todos a solução final. Pontes foi ao seu encontro:

– Já soube de tudo, a história é sua, mas não estrile, lembre que está na merda, como eu estou na merda, Laura está na merda, Roberto está na merda, todos que estão aqui. Até a belezoca da Bárbara está na merda e ainda hoje vai chupar o pau dele.

– Vocês são uns chupadores, mas eu não.

– Otávio, eu já o vi de quatro, já o vi pedindo dinheiro emprestado para tomar uma sopa no China. Aceite o que ele dá e faça cara alegre.

– Quem já perdeu tudo, Pontes, não tem mais nada a perder.

– Temos, sim, oxigênio. Sempre alguém pode nos tirar o oxigênio.

Otávio distanciou-se do reles Pontes; Sardini puxou-o para trás duma coluna onde Dani não pudesse vê-los.

– Falou com ele?

– Dani não quer conversa. Vai assinar o *script* comigo.

– Quanto lhe pagará?

– Vinte mil.

– Talvez dê quinze na hora de assinar, como sempre faz. Com os descontos, receberá doze. Vai topar? No seu lugar, resistiria. Não encontrará quem escreva por menos de cinquenta.

Era mentira, Otávio sabia. A fama ilude e os escribas acabam aceitando qualquer dinheiro. Com a exceção de alguns, todos os outros assinavam no escuro. Até aí racionava, mas quando viu o mordomo ligar o som e Dani dançar com Bárbara junto à janela, com os movimentos do *rock*, seu cordel de marionete rompeu-se e marchou contra o rei.

– Não vou escrever pra você – disse.

O homem da cobertura continuou dançando, embora todos se aproximassem para mais uma cena de emoção e *suspense*, espécie de chave de ouro de que a noite necessitava.

– Quero que enfie seus vinte mil no rabo!

Era demais. Ninguém jamais falara assim com Dani com respeito a ele e a seu sócio lá de cima. Apesar da insolência, continuou a dançar, forçando a assustada Bárbara a acompanhá-lo.

– Você não fará hoje comigo o que fez com os outros.

O mordomo apanhou Otávio pelo braço com dedos de aço, mas Otávio empurrou-o contra a coluna. Desta vez Dani parou de dançar e com um olhar ordenou ao serviçal que revidasse. Parece que ele esperava mesmo por uma ordem assim desde o empurrão que recebera no escritório. Avançou contra o insubordinado para arrastá-lo até a porta, mas encontrou uma resistência que justificou a torcida de Laura e de Sardini, embora muda. O autor de *scripts* estava alcoolizado, e não era acostumado a esforços braçais, mas o Biotônico que devia ter tomado na infância funcionou e acabou rolando com o faxineiro sartriano pelo chão. Roberto, o galã, já em estado de capacho, tentou erguer os dois, porém também acabou caindo, enquanto o biônico Otávio levantava-se para agredir o anfitrião. Dani tentou atirar um vaso no agressor, que atingiu fracamente uma das colunas, pois já sentia duas mãos no pescoço.

– Seu enterro ainda passará sob minha janela – disse-lhe Otávio, abraçando-o o num romântico rosto a rosto.

Já de pé, e levando mais a sério as possibilidades do autor de *scripts*, o mordomo passou a disparar pontapés que atingiam as nádegas e as costas do seu alvo. Por um instante, Otávio se viu entre dois focos, os pés do serviçal e os punhos do produtor, e somente o impulso e equilíbrio de forças contrárias o mantinham sobre as patas. Num salto, escapou dos dois e, quando se julgava que aquilo era o fim e que a paz voltaria afinal, Otávio, vomitando palavrões, começou a bombardear o serviçal e seu amo com copos e cubos de gelo.

Sardini, para não permanecer visivelmente neutro, o que era um risco para seu salário, deu uma volta e abraçou Otávio por trás, numa posição correta para imobilizá-lo. Mas o incansável gladiador, que não devia perder um só enlatado da série *Kung Fu*, dobrou o corpo e conseguiu remeter o mau-caráter sobre um valioso tapete persa. Novamente livre, o escritor correu para apanhar um vaso, mas pisou e escorregou num cubo de gelo e, como não soubesse andar sobre patins, afocinhou.

– Vamos a ele – bradou Dani no começo da operação.

Dani, o mordomo, o grandão Roberto, Sardini e parece que também o jovem galã caíram sobre Otávio para dominá-lo, porém mesmo desta vez houve dificuldade. O autor, com uma montanha de carne sobre o lombo, continuou reagindo, mas já sem forças, não conseguia chegar à porta. Laura soltou um grito ao ver sangue na boca de Otávio, o que não impediu que o massacre prosseguisse, agora na base do castigo e da vingança, pois o intelectual não tinha mais forças de reação.

Laura quase desmaiou quando viu Dani e o mordomo de Sartre pontapeando aquela coisa caída, inerte, manchada de sangue, que podia até estar morta.

– Parem com isso! – implorou. – Parem com isso!

O novo galã, que estreava no mundo dos espetáculos, foi o que deu o último pontapé.

Dani foi ao bar e tomou um rápido, ladeado por Sardini e Roberto, que com palavras o livravam de qualquer culpa. Tudo fora em defesa própria.

– Ele não quis os vinte? – espantava-se Pontes. – Jamais ganhou mais que isso.

– É um ingrato – disse Roberto.

O mordomo aproximou-se de Dani, depois de ter feito um exame naquilo que estava no chão. Parecia aliviado.

– Acho que não tem nada quebrado – informou. – Posso carregá-lo até a rua e chamar um táxi.

Dani ouviu, pensativo. Não respondeu. Precisava de outro trago, tomou. Olhou para Otávio que se mexia, esfregava o queixo e os olhos. Resistente demais, poderia viver, levantar, caminhar, escrever. Sim, escrever.

– Deixe ele aí – disse o rei, muito consciente. – Quando se levantar, dê-lhe um drinque. Acho que ainda a gente faz negócio.

O adhemarista

Aquela foi a semana mais quente que o Moa (Moacir) viveu na puta da vida. Nós, do ponto, é que sabíamos. Quente, digo, em toda a parte. No táxi, na rua, na sede do partido, na Lila e em casa. O homem estava envenenado, com fé em Deus e pé na tábua, dormindo só umas três horas por noite. Foi também a semana do papo, da lábia, da saliva, dia e noite em campanha, amarrando votos, aliciando os indecisos. Nunca vi na *life* um cabo eleitoral com tanta corda, tanta garra, tanto embalo. No último dia, lá no ponto da Barão, até deu e recebeu sopapos. Partiu para a ignorância quando um diabo de janista provocou ele com aquela surrada anedota da calça nova, manjam ela, não? "Nesta calça nunca entrou dinheiro público!"

Temi pelo Moa, achei que a coisa ia engrossar. Com seus cinquenta e poucos quilogramas, ele não podia fazer muito num corpo a corpo, mas fez, como vi com meus olhos. Para leão, ao Moa só faltava a juba.

– Manera, Moa, saia de fino.

O Moa tapou os ouvidos e deu uma de James Cagney pegando o janista na marra. Mas o arruaceiro era parada e revidou na base do pontapé e pescoção. Quando vi o grude formado, saí do meu táxi (tinha um Chevrolet 51, belezoca) e fui separar, no berro e na estiva. Acabei levando as sobras, enquanto o Moa, abotoado por dois colegas, era levado para dentro do bar. Embora com um hematoma na face, o Moa, seguro pelos sovacos, não calou o bico:

– Vou matar esse caspento! Mato ele! Me larguem!

– Desta vez vocês entram pelo cano! – bradava o janista, também contido pela turma do deixa-disso.

– Enfie a vassoura no rabo! Ignorante!

– Ninguém vai passar a mão em mais nada neste país!

– Ele rouba, mas faz!

Começaram então os palavrões, que Deus me livre de colocar aqui. Precisaram mais dois, de tutano, para conter o Moa dentro do bar. O janista, enfurecido, mas imobilizado por uma gravata, ia sendo arrastado pra esquina, e só deu o pirulito quando a justa compareceu.

Aí, tudo sanado, o Moa entrou no De Soto e se mandou pra sede do partido pra pegar mais propaganda. Ia lá, na Duque, quase todas as tardes apanhar material (retratos do candidato, bandeirinhas, flâmulas, dísticos, cédulas), que distribuía aos passageiros, no ponto, no bar, no puteiro da Lila e na vila onde morava. Os retratões, de mais de um metro, costumava guardar no porta-malas para colar nas paredes durante a noite. Gostava de colá-los justamente sobre os retratos do Jânio, pra encher o saco, pra rir às baldas depois. Guerra é guerra e naquela quem não era vivo se estrepava.

– Como é que está nossa força em Vila Carrão, Ipojuca e Freguesia do Ó?

Era na sede que encontrava a choferada dos bairros. Pelo jeito, só na Vila Maria o partido ia mal, sem eleitores. No resto, ganhava o Adhemar ou taco a taco. Na capital dava pra fazer bonito. A grande incógnita era o interior, e só pensar nisso o Moa se encagaçava. Quem pode adivinhar o que se passa na cabeça dum matuto de Mococa, Avaré, Ibitinga, Araras, Caçapava, Tupã ou Presidente Altino? O PSP estaria forte nesses cafundós? Uns garantiam que ia ser moleza, outros tinham dúvidas.

– O litoral é nosso – asseverava o Moa. – Vou lá toda a semana e sei disso. O vale do Paraíba está em peso com a gente. Parece que vamos ganhar em Campinas, Ribeirão Preto, Bauru e Sorocaba. Mas o meu medo é a caipirada, os eleitores de cabresto dos prefeitos, os colonos de pé no chão, os marianos, as filhas de Maria. Nossa sorte é se essa gente votar no Prestes Maia. Aí divide o bolo e o Adhemar entra fácil.

Moa esquecia do táxi e do leite das crianças. A sede para ele era melhor que o campo do Corinthians. Ficava horas papeando com outros cabos eleitorais e ensinando suas malícias de campanha. É com a cabeça que se ganha uma briga, e ele se orgulhava de saber usar a sua.

– O fogo cerrado tem que ser no lombo dos indecisos. Pra que gastar saliva com os janistas? É com eles que eu converso, eles que trago pro meu lado. Assim que vocês devem trabalhar. Falem no Hospital das Clínicas, em dona Leonor. Nos tuberculosos. Os indecisos é que vão nos levar pros Campos Elíseos.

Respeitado, o Moa ficava na sede até o cair da noite. Depois, voltava pro táxi com o material. Mas não rodava muito. Fazia só umas quatro ou cinco corridas para angariar mais alguns votos. O que queria mesmo era ver a Lila, cuja saudade começava e doía desde as seis da manhã, quando punha o pé fora da cama. Parava o táxi diante duma casa da Vitória, onde a Lila exercia. E desde a porta já ia distribuindo propaganda.

A casa da Magnólia tinha multiplicado a freguesia naqueles dias de eleições. Antes de escurecer, a turma já dava as caras. Acho que nada como eleição pra estimular o sexo das pessoas. A zoeira começa na cuca e vai até lá embaixo. O Moa, que a princípio visitava a Lila só aos sábados, passara a vê-la todas as tardes. Aboletava-se na sala, diante duma cena, a ver na parede a carona do chefão em *big* foto colorida. Magnólia fora buscar aquela no palácio, depois da vitória de 46. Autografada. Por isso que a justa não fechava seu estabelecimento. A dona tinha padrinho.

– Como vai o molho, seu Moa?

– Já ganhamos, Magnólia, e vamos botar o Lino no Senado. Hoje, no táxi, só deu Adhemar. E no carro não levo o retrato dele, banco o indeciso, o que está por fora. Assim os passageiros vão se abrindo e dão o serviço.

– Você é um vivo, Moa.

– E a Lila?

– Vai ter que esperar, está ocupada.

Moa não gostava de saber que a Lila estava com outro. Como todo mundo, andava tesudo. O mistério das urnas, o mistério do sexo. Lila tinha seu eleitorado, fregueses ocasionais ou costumeiros que iam depositar seu voto entre as pernas dela. Na casa de Magnólia era a mais votada, inclusive com eleitores de cabresto, aconselhados por amigos.

– Senta, Moa.

Ele estava de pé, impaciente, perdendo tempo. Enquanto esperava por Lila, os janistas dobravam os indecisos. Viu um sexagenário de chapéu sair do quarto da amásia. Foi entrando.

Lila, sentada na cama, espelhava-se no pichinchê, duas pernas de cem sobre o criado-mudo. O cheiro de violeta que o Moa gostava. O *filet mignon* sorriu *pro forma* e avisou:

– Hoje não vai dar, Moa. Vem aí um cara de Bauru com muita grana.

– Vim só te ver.

– Então me dá um Continental.

Moa fizera besteira em casar com 20 anos. Agora estava com 28 e quatro filhos. Por isso tinha que viver no táxi, braçal, curtido de suor. Ganhava pro sarampo, pra catapora, pra tosse comprida. A mulher não era mais nada pra ele, perdera a graça. Desde a lua de mel que ela não cheirava mais.

– Sabe, Moa, esse freguês que saiu é gerente duma fábrica. Disse que lá, na fábrica dele, o Jânio ganha estourado.

– Ganha a mãe dele!

– Mas ele é dos nossos!

Quando entrava no quarto de Lila, o cabo eleitoral morria. Largou-se na cama dela, cheirando, registrando impressões. Que Deus o perdoasse, mas gostava mais do puteiro que de sua casa, que de sua família. Magnólia era boa, a Lila era linda, e ele era mais importante ali dentro.

Lila curvou-se sobre ele:

– O que é isso aí na fachada?

– Um hematoma.

– Briga?

– Com um janista, lá no ponto. Mas tenha mais pena dele. Precisava ver como ficou.

Lila voltou ao pichinchê:

– Pra você faz diferença quem ganha?

A mesma pergunta que sua mulher fazia. Que adiantava argumentar? O voto dela estava no papo e bastava.

– Faz. Se o Adhemar ganha eu me animo e vou viver com você.

Lila era de amar, não de acreditar.

– E a mulher, os filhos, a casa que está pagando? Você está amarrado, Moa. É um boa-praça, mas tá amarrado.

Bateram na porta, a Magnólia:

– Lila, aquele senhor de Bauru!

Se tivesse duzentos mangos no bolso, Moa fazia o capiau esperar sentado, mas estava sem nenhum e quase não faturara naquele dia, todo eleitoral. Lila só gostava dele nas entrecamas, tinha que espirrar. Saiu de cabeça baixa até a porta, quando estacou.

– Pergunte pra ele quem ganha em Bauru.

Entrou no Sindicato, fervia: era Adhemar, Adhemar, Adhemar. Encostei nele com um recado:

– Sua mulher telefonou pro ponto.

– Querendo o quê?

– Que volte cedo.

– Ela que tenha paciência.

No salão principal, um motorista, num micro, falava das realizações do candidato quando governador. A classe estava unida. Se tivesse um janista ali, pregava esparadrapo na boca. Uma voz discordante daria mutreta. Moa entrou frio, achando que seu caso com a Lila se acabara. Mas ao ouvir o oba-oba ao Hospital das Clínicas e à Via Anchieta sentiu de novo aquela explosão e saltou pra frente a agitar os punhos, comandando o "já ganhou, já ganhou" que valia mais que mil palavrórios.

Ia se repetir a mesma zoeira da noite anterior, no comício de despedida. Moa reunira os mais inflamados diante do palanque pra dar sustentação. A cada palavra que se dizia lá em cima, ele entrava com o coro: "viva, muito bem, não apoiado", ou então puxava as palmas com aquele apetite. A certa altura, quando Adhemar falava, o Moa, como se fosse uma fã do Caubi Peixoto, fingiu um desmaio de emoção e foi erguido para o palanque. Não era para aparecer na televisão, não. O Moa não era disso. Queria causar impacto, e causou porque seu desmaio foi aplaudido por toda a praça.

Moa não deu bola para o pedido da mulher. Era véspera do grande dia, estava elétrico, com uma mágoa qualquer no fundo. Queria movimento, zorra. E então deu ideia dum passeio de provocação na Vila Maria com as buzinas disparadas. Acordar os janistas, demonstrar poderio, descarregar a raiva. Quando o Moa aprontava, a turma ia na dele. Rumamos para Vila Maria, invadimos ela com os táxis, buzinando, enquanto os pacatos saíam às janelas pra ver o desfile. Moa não ficava só nas buzinadas, ia vomitando palavrões, berrando o que pensava dos janistas.

Terminada a zoeira, fomos a um bar encher a cara de cerveja. Moa, sentado a meu lado, tinha certos grilos.

– Meu medo são os paus-de-arara, os goiabadas-cascão, os flagelados. Esses votam no caspento porque também são caspentos. E porque não são paulistas. Querem um cara de fora no palácio. Os grã-finos ficam com o Prestes Maia. Por isso a gente tem que trabalhar até fecharem a última urna. Vamos levar os caras pra votar. Tem que ser na carona, na marra, no grito, mas tem que ser. Amanhã vamos todos levantar bem cedo, pessoal!

Olhou no relógio: três horas. Ia haver bronca em casa.

E houve.

A mulher do Moa e os meninos estavam de pé porque ela queria que ele visse todos acordados. E não foi pra pôr panos quentes, pra chover no molhado. Quis entendimento. Afinal, pra que estava naquela de cabo eleitoral? Por que não trazia mais dinheiro? Por que madrugava na rua? Por que o hematoma? Tantos porquês deixaram o Moa zonzo. Ela resumiu tudo num só.

– Eles vão te dar emprego?

Moa lembrou que ainda tinha que empapelar o carro com os retratos do Adhemar para arrebanhar indecisos.

– Vamos. Responda isso.

Teria cola suficiente?

– Quero que me responda.

Pior se faltasse tutu pra gasosa. Ia queimar uns dois tanques.

– Se vão me dar emprego? Eles não me prometeram nada. Nem eu pedi.

Contar o resto? Moa me disse que ela começou a chorar sem entender patavina. Então, tudo aquilo por nada? O que ia ganhar com aquela correria, os bate-bocas, as madrugadas, o oba-oba nos comícios, o empapelamento dos muros, as brigas e o escambau? Quando ela gastou o gás e levou os meninos para a cama, Moa olhou o cuco e resolveu não dormir.

Logo amanheceria. Foi buscar a cola para empapelar o De Soto. Antes despistava, para aliciar. No dia das urnas o jogo era franco. Seis retratões do Adhemar. Quatro nas portas, depois na traseira. O resto do material encontrou no porta-luvas. Esquentou o café na cozinha, tomou uma xícara e voltou para o carro. Ficou lá dentro, encucando coisas e lembrando. Mas não tinha muito que lembrar. Nem sabia direito como estava naquela, ele que nunca entendera bulhufas de política. Ouvia o Adhemar no rádio, vira na televisão. Uma noite, um colega do ponto o arrastou para um comício. Viu e ouviu uns candidatos de saco cheio, bocejando. Até que Adhemar apareceu no palanque, para encerrar. Aí ele se empinou, concentrado. Foi penetrando na massa, acotovelando. Ficou pertinho do palanque, vendo o homem iluminado pelos refletores. No começo, só ouvia. Depois, passou a aplaudir, a participar, a sentir o líder e o povão.

No final do comício já era um adhemarista. Tinha seu De Soto, sua casa. Agora não lhe faltava mais nada.

Às sete da noite, só com um dedal de gasosa no tanque, Moa estava entregue às baratas. Rodara mais de duzentos quilômetros levando gente para as urnas. Mas não trabalhara só no pedal. Enquanto viu fila nos colégios esteve malhando os indecisos, cascateando: a Via Anchieta, o Hospital das Clínicas, os tuberculosos, dona Leonor, tudo que dava votos. E só com um sanduíche no estômago. Às tantas, rumou para a sede, querendo prognósticos, saber das coisas. Subiu, mas viu tudo pá, tudo preto. Não deu outra: desmontou sobre um divã, sem mentalidade.

Voltou cedo pra casa. A mulher, mais mansa, foi lhe tratar o hematoma. Pra cama, porém, não foi. Com aquela tensão toda não dava pra dormir. No dia seguinte, abririam as urnas. Ligou o rádio, atento ao noticiário. As eleições tinham decorrido normalmente. Apenas nalgumas periferias houvera mutreta, mas sem mortos nem feridos. A mulher, sentada a seu lado, querendo arreglo, soltou uma frase de novela: "Amanhã a vida CONTINUA". Continua uma pinoia, pensou Moa. Se o Jânio emplacasse, não teria onde meter a cara. Ia ser gozado, escrachado, enxovalhado. Cuspiriam na cara dele. A casa da Magnólia seria fechada e perderia a pista da Lila. E a classe ia comer o pão que o Diabo amassou. Cagariam no sindicato.

As apurações foram aquilo que todo mundo sabe, se é que lembram. Desde que me conheço por gente, não vi outras iguais.

O resultado final foi no final mesmo. Até lá só médium arriscava palpite, só pai de santo. Mesmo assim muito babalaô saiu de circulação pra não se queimar. Numa hora, estava ganhando o Adhemar; noutra, o Jânio. Se o Adhemar se distanciava na capital, no interior o Jânio livrava cabeça. Nas estações de rádio deu treta. Nenhuma sabia às quantas andavam as apurações e só complicavam. Os jornais publicavam os números com atraso e o placar da praça da República parecia ter enlouquecido. Moa passava a maior parte do dia no salão das apurações, indo de junta a junta, com lapiseira em punho, cada vez mais confundido com as parciais. Falava com os cabos, com os apuradores, com os candidatos a deputado. Nenhum bancava o bidu; outros, que antes enrouqueceram no "já ganhou", apostavam até a mãe, faziam boca de siri ou desconversavam. Do Adhemar e do Jânio, nada. Repousavam e aguardavam em lugares ignorados.

Moa andava pálido, trêmulo, e deu de sentir dores. Quando não estava nas apurações, ficava no bar, biritando. Nem a Lila ia ver, embora sempre batesse um fio pra Magnólia. A dona do estabelecimento não sabia mais que ninguém, só ouvia o rádio. Para a mulher e os meninos, o Moa não dizia nem bom-dia. Cara feia, sisudão, mãos amareladas de nicotina.

Assim foi chegando a hora da verdade, o último dia das apurações. Na capital restavam umas cem urnas. No interior, na maioria das cidades, tudo encerrado. O Lino estava no poleiro. Ele e muitos deputados do partido, que o Moa manjava. Mas, para governador, nada. Às nove da matina, depois de tantas noites maldormidas, chegou ao salão das apurações. A primeira notícia que recebeu foi um pé no saco: Jânio estava na frente, nas gerais, uns quatro ou cinco mil votos. Viu janistas sorridentes, agitando vassouras. Imaginou um festival de caspas. Pensei que o Moa ia ter um faniquito, por isso fiz ponderações:

– Aqui, agora, só tem urnas do Adhemar, e ainda não apuraram tudo no vale do Paraíba. Vai haver uma virada.

O Moa só ouviu e foi correr as juntas pela milésima vez. Tirou conclusões próprias. No Jardim América, Pacaembu, Perdizes, Pinheiros, o serviço acabara. Queria dizer: onde o Adhemar era fraco, Jânio não ganharia mais votos. Por outro lado, na Sé, Aclimação, Campos Elíseos e Casa Verde, onde o Adhemar era forte, as urnas ainda estavam falando. A ultrapassagem não tardaria, paciência. Mais tranquilo, o Moa foi espiar de perto a alegria dos janistas. Como esperava, lá estavam eles, os paus-de--arara, os goiabadas-cascão, os flagelados. Quis gozar a turma, cantar a virada. Mas não estava de cabeça fria, preferiu biritar.

Permaneceu nas apurações até a tarde. Depois, baixou a bandeira, foi ver a Lila. Antes, passou pela praça da República e olhou o placar. Lá, Jânio ainda ganhava, apertado. Perto da Vitória, sentiu mais forte a atração da Lila, quem quase esquecera naqueles dias. Estacionou o De Soto diante da casa. Entrou.

Na sala, Moa parou com uma cena. Lila, gargalhando, sentada sobre as pernas dum homem, ambos tomando champanha em taças. Ela o viu e apontou-o como quem reconhecesse um conhecido que não via há tempo.

– Olhe quem está aí! – exclamou com voz de bêbada. – O adhemarista!

O homem, um grisalho, olhou para ele, gozativo, e riu:

– Quer brindar à vitória, moço?

– Ele é candidato – informou Lila. – Vai ser deputado por Bauru. É do Jânio.

– Dê uma taça pra ele – disse o candidato.

Moa sentiu-se enciumado, traído, por baixo. Brindar ao que com ele?

– Não bebo com janista – murmurou.

Mas isso foi no fim. Antes, já tinha derrubado no chão as taças do cara e de Lila. Magnólia, que chegava, viu e não gostou. Parece que chamou ele de cafajeste. Lila, com o aval dela, berrou um palavrão. Moa fez meia-volta. Putas!

Aquele homem que saiu com fumaça na cabeça do puteiro da Magnólia era o Moa. Não contei tudo, mas a gama que ele tinha pela Lila era preta. O Adhemarzinho já estava batizado quando se conheceram no estabelecimento. Moa não frequentava a zona desde a despedida de solteiro. Da casa pro ponto, do ponto pra casa. Honestão. No dia em que conheceu o candidato, na sede da Duque, ficou tão dono do mundo, tão dentro da jogada, que quis fazer uma coisa diferente. Sabendo que havia uma

Magnólia, a única que mantinha casa aberta no centro, adhemarista roxa como ele, foi lá com alguns amigos. Viu a Lila e não aguentou: deu a ela a metade da diária, duas pernas. Até uma quina daria se fosse o preço. Voltou pra vila com cheiro de violeta nas narinas. Na semana seguinte, bisou a pedida. Mas era moço demais pra ser freguês. Se podia levar gente pro partido, dobrar indecisos, por que não podia levar a Lila no bico? Foi mais assíduo, levou flores, chocolate e um disco do João Dias. Não precisou pagar mais nada, só presentes e carinhos. Na verdade, quando ela estava ocupada, quando tinha programa, cuidava de sua vida. A moça tinha juízo. Mas o que ela lhe dava, quando podia, já era o bastante pra fazer do Moa o rei do ponto, o maior falador do sindicato e o melhor cabo eleitoral inscrito na sede.

No finzinho da tarde, quando o Moa bateu no salão das apurações, estavam abrindo as últimas urnas. Legal. O pessoal da Sé e da Casa Verde tinha comparecido. Mais de cem votos de diferença em cada balaio. Olhou os janistas. Viu um deles com a vassoura entre as pernas, outros com cara de quem comeu e não gostou. Tinham cantado com sabedoria: era a hora da virada. Mas lá não se sabia dos resultados do interior, havia confusão. Um locutor da Bandeirantes dizia que o Jânio ainda encabeçava, mas só com mil votos. Ninharia.

– Vamos para o placar da República – eu disse ao Moa. – Na capital, são favas contadas.

Pegamos nossos táxis e rumamos para a praça, rádio ligado, acompanhando as finais que chegavam daqui e dali. Nalguns cafundós, o Jânio perdia até para o Prestes Maia. A diferença diminuía. Talvez o Adhemar já ganhasse nas gerais. Pisei para não perder o Moa de vista.

Fomos encostando os carangos em fila dupla na República. Acho que tinha cem mil sofredores com os olhos no placar. Nada de festa, torcida calada. Só bêbado palpitava. Olhei o Moa, dava pena a cara dele. Não era mais o cabo confiante, o homem que o Adhemar abraçara, o "já ganhou". Seus lábios não se mexiam, mas devia estar rezando algo por dentro, súplica de ventríloquo. Às tantas, foi para o bar e biritou. Fez mal. Com os nervos em pandarecos, mais a birita, teve cólica e correu para o mictório público da praça. Para não dar vexame, teve que tirar um lírio pirado a pescoção duma das privadas. Ficou lá um tempão, suando, rezando e obrando.

Quando Moa voltou à praça, estranhou. Se o silêncio antes era de papel, agora era de pedra. Um homem com viseira, empoleirado na escada, alterava os números do placar. Vi um cara quebrar uma vassoura no joelho: foi a primeira reação. Um bebum deu um pontapé numa árvore. À distância, vi o Moa atirar o chapéu no chão e abraçar os que lhe passavam na frente. Quase toda a choferada fez o mesmo, digo, jogou o boné. Então, antes de cravar os olhos no quadro-negro, já tinha entendido. A virada! Adhemar ultrapassava!

Moa, doidão, o moleque Moa, me abraçou, confirmando:

– Adhemar! Mil votos na frente!

Começou a zorra na praça. Gritos, hurras, brados. Mas a praça era pequena para a alegria do Moa. Contido havia uma semana, precisava de mais espaço. Correu para o De Soto, fazendo sinal pra gente. Entrei no meu Chevrolet 51, dando carona pra quem quisesse badernar. Moa comandou o desfile na direção da Vieira de Carvalho, já buzinando. Ao atingir o largo do Arouche, uns trinta carros seguiam o seu, todos táxis. Ia para a Duque, passar diante da sede. Lá estava o predião, iluminado, com as janelas abertas, o portão escancarado, gente acenando. No rádio, a Bandeirantes confirmava os números. Candidatos faziam declarações. Comentavam os resultados das últimas urnas.

O pessoal estranhou quando o Moa se encaminhou para a Vitória, muito estreitinha. Entendi por quê. Queria ir à forra. Chacoalhar a cara da Lila, perturbar o homem de Bauru, dar uma lição na Magnólia. Com a buzina o Moa se desabafou, e solto, por cima, dirigiu para o sindicato. Lá, uma porrada de táxis se juntou ao desfile, agora não mais a seco. Deram uma garrafa pro Moa, pra mim, pra todo mundo. Via o Moa virando o gargalo no De Soto. Devia estar no céu depois de badernar na Vitória.

Não foi um simples passeio. Moa, na frente, parecia não querer parar mais. São João, Água Branca, Lapa, voltava e pegava a Angélica, depois a Paulista, descendo pela Augusta, sempre com a garrafa e sem tirar a mão da buzina. Em cada avenida ou rua que a gente passava, as janelas se abriam para saudar ou praguejar. Nas esquinas, grupinhos acenavam e gritavam "Adhemar! Adhemar!". A cidade toda estava desperta, sem sono, festejando. Os derrotados tinham desaparecido, evaporado. Só dava adhemarista.

Antes que a gasosa acabasse, Moa estacionou diante duma churrascaria. Estava com fome, todos estavam com fome de muita carne. Moa foi juntando as mesas, enquanto a turma sentava, pedia churrasco e cerveja. Juntaram umas vinte mesas para a choferada toda, que ria, falava ao mesmo tempo, fazia gozação. O Moa ficou numa das cabeceiras como um rei, um papa. Era o dono da noite, da festa, da cidade. Falava com todos, todos falaram com ele. Um mendigo entrou na churrascaria; Moa mandou ele sentar na mesa e lhe deu um puta naco de carne. Levantou para abraçar o dono da churrascaria, que era dos nossos, e foi para o microfone cantar *São Paulo Quatrocentão* e um sucesso de Isaura Garcia. Até que sua voz não era de jogar fora. Mas não voltou para a cabeceira; ficou circulando pela churrascaria, cumprimentando todo mundo nas mesas, abraçando os que entravam ou saíam, solidário e exagerado. Entrou uma vendedora de flores. Comprou um cravo e pôs no peito, dando a ela a maior nota que alguém já pagou por um cravo.

A essa altura, a churrascaria não tinha mais lugar nem pra pensamento. A classe estava todinha. Apareceu um candidato já eleito pra deputado. O Moa levou ele pro microfone e o obrigou a fazer discurso. Ninguém ouviu nerusca por causa das palmas que ele puxava a cada palavra. Aí o Moa obrigou o dono da casa a dizer algumas palavras também. Falou um cara do sindicato e depois o Moa subiu numa mesa para pronunciar seu primeiro espiche, atendendo a pedidos. Começou imitando a voz e o jeito do Jânio como um comediante de rádio. Puseram-lhe uma vassoura na mão e a coisa ficou ainda mais engraçada.

Isso tudo já era suficiente, mas não pro Moa, ainda cheio de gás. Decidiu voltar à República para novas badernas. Os mais valentes seguiram o seu De Soto, na base do fonfom. No Arouche, o atazanado atropelou um carrinho de frutas, sem dar a menor trela. Queria ver o placar, gozar os números da virada. Chegando lá, desrespeitando o "É proibido pisar na grama", caminhou até um dos lagos. Imaginei logo que ele ia aprontar e aprontou. Caiu no lago com roupa e tudo, assustando a pataiada. Preferi continuar seco, mas a maioria participou daquela. Puft! Água! Puft! Água! Tinha guardas por lá, que desguiaram pra não dar manchete.

Já molenga, pedindo berço, me afastei dos fuzarqueiros e fui espiar o quadro-negro. O povão continuava ali e o troca-números estava em seu posto com a viseira. Havia um alarido, uma zoeira, uma paranoia. Vi uns mil caras agitando vassouras e um caminhão da TV. Gente passava correndo e me empurrava. Alguém disse: "Agora queria ver a cara dele!" Olhei para o placar, com tanta luz, que não dava pra ver nada. Tive que recuar, me misturar com o vulgo para distinguir os números. Mas o que era aquilo? Santo Deus, o que era aquilo? O que estava ali é que o Jânio passara de novo. Dezesseis mil votos. Não podia ser. Comecei a perguntar pra todos, pois a vista da gente às vezes falha. Uns confirmavam cheios de vento. Era aquilo ali mesmo. Dezesseis mil. Houve virada e revirada. As últimas finais do interior tinham trazido a surpresa.

Corri para o lago, justamente quando o Moa e os colegas saíam das águas, ele trazendo um marreco. Saltei na frente deles para dizer a coisa de chofre, que era mais fácil.

– O Jânio passou outra vez.

Moa ficou me olhando sem acreditar, como os outros.

– Brincadeira tem hora.

– Vão ver no placar! Dezesseis mil na frente.

Molhado como um pinto, os cabelos grudados na cabeça, o Moa foi para o placar, acotovelando. Vi a cara dele, iluminada pelos refletores. Emputecido, mas descrente, não se controlou e foi falar com o troca-números, que esfregava as mãos para livrar-se do giz.

– Você se enganou aí. Está tudo errado!

– Foram os números que recebi.

– Quantas urnas estão faltando?

O viseira não deu muita trela:

– Acabou tudo.

– Como acabou?

– É, acabou.

Moa permaneceu diante do placar, enquanto começava o carnaval janista. Nunca vimos tantas vassouras juntas. A propaganda do Adhemar era arrancada das árvores, dos postes. Rasgada, feita em pedaços. Algumas mulheres puxavam um cordão, todos se dando as mãos. Agora eram os candidatos do Jânio que faziam declarações diante das câmeras de TV. O homem da viseira descia as escadas, missão cumprida. Quis dizer ao Moa que a próxima a gente ganhava, mas não me animei. O que adianta falar com um cadáver? Estava parado, sem um gesto, nem para o placar olhando. Não vi mais os colegas naquela multidão. Derrotado é como homem invisível, se manca e dá o sumiço. Cheguei ao Moa e disse:

– Vou pegar o caminho da roça. Chofer aqui é quinta-coluna.

Fui chegando ao Chevrolet, como quem esteve só para espiar, apolítico, mas com medo que o Moa aprontasse e se estrepasse. Só fiquei mais tranquilo ao ver o colega entrar no De Soto, ainda todo ensopado, sob a chuva de papéis picados que vinha dos edifícios, alheio ao carnaval.

Não sabia que o Moa não ia ainda para a casa. Manobrou com dificuldade, entre os carros, com suas buzinas loucas, e rumou para a sede, querendo ver e conversar com amigos. Podia ter havido roubo. Quem sabe o partido protestasse, apelasse, impugnasse. Tinha que dormir com algumas esperanças. Viu a sede de longe, o portão escancarado e os janelões abertos e iluminados.

Estacionou o De Soto e entrou, acreditando encontrar lá o próprio Adhemar, a única pessoa capaz de consolar o Moa. Não havia ninguém no portão, subiu as escadas de mármore, de três em três degraus. A porta do salão aberta, foi pisando. Onde estava o pessoal, os cabos, os candidatos, os fiscais de mesa? Deviam estar em reunião na secretaria. Não esperou, foi penetrando. A porta só encostada, luz acesa. Mas ninguém. Imaginou uma reunião secreta na diretoria. Ele não era da cúpula e a porta fechada. Pigarreou, tossiu e depois ousou três pancadinhas. Nada. Mais três. Também. Girou a maçaneta, entrou. Vazia, umas pastas no chão, o cinzeiro cheio de bias de charutos. Seguiu para a cozinha, onde sempre ia tomar o cafezinho para os íntimos. Nem mosca. Até na privada a luz acesa e ninguém.

Voltou para o salão. Aí tinha gente agora. O faxineiro, que ia fechando as janelas e apagando as luzes. Chegou perto dele:

– Não tem ninguém aqui?

O faxineiro respondeu que não e continuou o serviço, murmurando qualquer coisa sobre o trabalho que teria no dia seguinte com aquela papelada. Ao mesmo tempo, dava graças a Deus por tudo ter acabado. Político era mais sujo que favelado. Fechou a última janela e, ao voltar-se, admirou-se de ver o Moa ainda ali.

– Mas não vem ninguém?

O faxineiro sacudiu os ombros.

– Acho que não. O dr. Adhemar perdeu.

Apagou a última lâmpada.

Moa foi descendo as escadas, espirrou. Era aquela roupa encharcada. Passou a mão no hematoma, que doía. Uns carros passaram velozes, buzinando, os passageiros a gritar: "Jânio! Jânio!". Soltavam rojões dum edifício. Um bebum atravessou a rua levando uma vassoura. Entrou no De Soto, no bagaço. Olhou o velho casarão com as janelas cerradas, apagado, e o enorme retrato do candidato na fachada. Machão, o Moa era às pampas. Mas naquela hora não dava. Encostou a cabeça na direção e chorou, chorou até esvaziar os olhos.

Soy loco por ti, América!

Esta história tanto poderia começar na piscina térmica em forma de coração quanto no lugar mais aprazível da mansão, que o De Lourenço orgulhosamente chamava de pérgula, ou ainda partir do enfático Azulão, o grande *living*, com aquela agressiva pintura imperial, onde costumava reunir os convidados para suas comentadíssimas festas de arromba. Em qualquer ponto que se estivesse, na noite em questão, aconteciam fatos memoráveis, mesmo nos menos festivos, como o sóbrio escritório com suas vistosas taças e troféus, na maioria ganhos em equitação e esportes náuticos, o diminuto jardim de inverno, apelidado "o retiro dos tímidos", e os quartos das empregadas, principalmente estes, cujas paredes viram cenas afrontosas nem sempre registradas pela trêfega Super-8 do dono da casa.

A história, como todas as boas narrativas, poderia também dispensar a ordem cronológica dos acontecimentos, mesmo porque no dia seguinte ninguém teve cabeça para precisar hora e sequências. A entrada biônica da extravasante Mara Rios no capô do Mercedinho, virando na cobiçada boca uma garrafa de Vat, talvez fosse bom início do ponto de vista cinematográfico: o portão escancarado, serpentinas, os gritos histéricos e os que morriam por beijá-la. Um autor mais engajado – estávamos em 31 de março de 1964 – preferiria puxar o fio da meada no momento em que o teatrólogo Pedro Márcio, num dos seus lances mais vexaminosos e menos imaginativos, após uma batalha verbal, foi empurrando o redator de *A Voz do Povo* até a piscina e puft. Assisti ao *travelling* inúmeras vezes porque De Lourenço estava lá com sua Super-8 disposto a deixar sua obra para a posteridade. Outro bom início, bastante felinesco, bem do agrado elitista, seria a cena, do alto duma grua, em que o Enrustido com um lança-perfume que Max Bisnaga lhe dera substituiu definitivamente o oxigênio pelo éter e, dizendo-se em lágrimas a pessoa mais infeliz do mundo, subiu no muro coberto de hera, não se soube como, e pôs-se a andar sobre ele, em toda a sua extensão, animado por razoável torcida, enquanto seu antigo par, o Assumido, implorava-lhe que descesse e dali por diante encarnasse sua verdadeira personalidade psicobiológica. Citei dois, poderia ter citado outras sequências ou *takes*, em desalinho, bons para começar.

Houve nessa inesquecível *party*, festa, reunião ou seja lá como se chame aquilo, não apenas uma euforia desbragada e insensata, um festival de álcool e éter, como também uma série de conflitos orais e musculares, oriundos de choques e entrechoques de ideias ou consequentes de antigas ou instantâneas antipatias. Ah, sem falar dos acidentes de trânsito, coisas como cotoveladas, pisões, empurrões e bebida derramada na roupa, miudezas desse naipe que, conforme o consumo etílico, podem acirrar os ânimos.

A bem da verdade, o ciúme, o estopim, a chispa mais frequente nas confraternizações latino-americanas não causou muitos incêndios aquela noite. O mais sério, parece-me, registrou-se quando um jovem não identificado, provavelmente penetra, deu um chupão no pescoço da maneca Denise, acompanhada por um espadaúdo admirador, também não identificado, o que resultou num entrevero com fraturas nas costelas, segundo o parecer dum radiologista presente, embora desacreditado na ocasião, porque oscilava como veleiro, tantas doses já consumira.

Quando cruzei o portão, depois das onze, com um amigo que logo perdi de vista, só reencontrando-o às quatro sob a cama da cozinheira, a festa ainda praticamente não começara. A pessoa mais importante já presente era Max Bisnaga. O conhecido empresário chegara com uma caixa de papelão abaulado, e após breve conversa com De Lourenço foi escondê-la numa gaveta da escrivaninha. Mas não vou preservar esse segredo para o fim, como nos folhetins da TV. Já sabia e vou dizer o que a caixa continha: lança-perfume. Durante anos, em todos os carnavais, Max comprava muitas caixas de Rodo Metálico, abastacendo-se de fevereiro a fevereiro com aquilo que em sua opinião, não na dos outros, era seu único vício ou defeito. Quando foi inadvertidamente proibida a fabricação desse néctar momesco, o rotundo empresário pegou sua camioneta e, mais previdente que qualquer formiga, percorreu os estandes carnavalescos da cidade e comprou todo o Rodo Metálico que coube na Rural. Esse tesouro líquido-gasoso, um suprimento para toda a vida, o que jamais alguém fez com qualquer produto, tornou Max o convidado nº 1, o cabeça de lista de qualquer festa nas quais o senso de realidade não era requisito preferencial. Então, Max o irreal, Max o Bisnaga, Max o psicodélico. Por outro lado, convenhamos, era uma forma até comovente dum estrangeiro como Logan, mesmo contrariando normas policiais, prestigiar uma das mais antigas tradições populares do país.

Vi o De Lourenço receber Max Bisnaga com um abraço impossível nas simples amizades. Era o salvador que chegava com sua caixa de magias, uma garantia de êxito, pois entendia o dono da casa que o álcool dá bons resultados na decolagem, é mesmo capaz de erguer um cidadão alguns palmos do solo, mas apenas o éter tem propriedades para mantê-lo nas alturas, acima das agruras terrestres, do Bem e do Mal, dando-lhe um belo par de asas.

– *Trip to the moon!* – repetia o De Lourenço, abraçando com dramática insistência o Max com sua caixa e sem pudor de beijar publicamente suas bochechas.

A essa altura, a equipezinha de garçons, vestindo um branco hospitalar, já servia as primeiras rodadas de beberetes, pois, como é notório, a maior vaidade do De Lourenço era ser democraticamente *barman*, conhecedor das mais raras e sofisticadas receitas de coquetéis, habilidade elegante que já exibira em programas de televisão, desses que revelam a outra face, mais íntima, do artista, do político, do homem de negócios. No meio em que pontificava, a maior graça que alguém podia obter, equivalente a deixar a marca das mãos e dos pés nas calçadas do Chinese Theater, era ver o nome batizando um dos *coks* do De Lourenço. Certamente, no reduzido lote de favoritos, havia um coquetel Max Logan, com muita vodca, amaro e gim, um daiquiri Mara Rios, com açúcar nas bordas do copo, pedaços de laranja e abacaxi embebidos em bíter, a sedução do doce-amargo, e um aperitivo Domingos Grinaldi, que o agudíssimo senso crítico deste, por tantos temido, inesperadamente aprovara. Dizia-se, e eu acredito e propago, que uma das ambições e devaneios de Pedro

Márcio, em sua gloriosa escalada, era ter também um coquetel com seu nome, mas De Lourenço, embora pressionado, travara sua criatividade, talvez com receio do efêmero já que pretendia eternizar na sociedade suas bem-sacadas invenções.

Bebendo um coquetel Max Logan, o que poderia ser uma forma bastante visual de puxar o saco do empresário, já que eu tinha um *show* na gaveta, atravessei todo o Azulão, com passos de estreante, ganhei o jardim e fui postar-me à margem da piscina, já iluminada e volteada de pequenas mesas com ornamentos florais. Embora a mansão estivesse quase vazia, e os poucos que lá estavam pareciam não se conhecer, havia qualquer coisa no ar, uma liberação maior de elétrons, uma chuva invisível de partículas vulcânicas, insensível mesmo aos calvos, que prenunciava uma noite densa e rica de sensações diversas. Cumprimentei com meio aceno algumas pessoas que passavam por mim, testando a receptividade geral, mas fingiram não me notar naquela frieza inicial das festas. Outro, menos informado, e com algum programa, se retiraria naquele momento. Não o fiz, é evidente, saboreando o coquetel e perseguindo na superfície da piscina o reflexo duma abusiva lua cheia.

Depois de Max Logan, com sua carga alada, chegaram, livrando-me de minha ilha, o Enrustido e o Assumido, antigos amigos do De Lourenço, que não perdiam, a não ser por doença grave ou morte em família, eventos como aquele. Principalmente o Assumi-lo, com seus trejeitos de gatinho, tinha o dom natural de aproximar pessoas, quebrar o gelo e dar partida às festanças. A verdade é que, observei, mesmo os que não se transavam foram se enturmando e fazendo sinais aos garçons ainda solícitos na arrancada da maratona. Vi O Pra Lua, a maneca Denise, o costureiro Alfion e em seguida o De Lourenço surgir pela primeira vez com a Super-8, puxando ora o Enrustido, ora o Assumido, em *zooms* sucessivos, com um capricho técnico que na terceira dose de uísque abandonaria. O que não imaginava ainda é que sua câmera às vezes indiscreta lhe criaria problemas, da perda de algumas amizades ao frustrado suicídio de Leila Maria, ainda hoje hospitalizada, e com aquela mancha conjugal que o De Lourenço filmou.

Após a meia-noite, terminadas as sessões teatrais e as reuniões de obrigatoriedade social, a mansão do famoso e boêmio industrial começou a receber os convidados. Eu só conhecia os atores, diretores e produtores, as pessoas do mundo dos espetáculos, alguns jornalistas, manequins, o dito Alfion, gente que frequenta as colunas dos jornais, mas não identificava os amigos do De Lourenço, ricaços como ele, que lá estavam para conhecer de perto e desfrutar a graça dos jograis dos palcos e estúdios. Apenas soube, apontada por um dedo, que a senhora Liliane M., adorável benemérita, era aquela de amplos decotes e que o pessoal do açúcar comparecera, porém com toda a evidência não era festa para a camada de cima: esta apenas comprara ingressos para assistir.

Vi, então, o Pedro Márcio, mal acomodado em seu *smoking* comemorativo da 200ª representação de sua peça teatral, o Domingos Grinaldi, o crítico, muito polido ao lado da Dora, a declamadora, recém-chegada da Rússia e com notícias frescas da política internacional, o modelo fotográfico Simone – divino *outdoor*! –, Clemente Vinhas, um dos contratados de Max, o mais badalado cantor de sua geração, autor de *Venha, mas venha com Kelene,* estrelas, estrelões num mar de aspirantes. Mas ainda se falava labialmente, sem gestos expansivos, risos controlados, deixando a conversa girar nas periferias da sensibilidade, jocosa, por vezes, mas comedida e social. Até mesmo Pedro Márcio, o boca-suja, que fizera do palavrão sua mina e marca pessoal, portava-se com uma cautela estudada, dando o direito ao diálogo em toda a roda onde aportava.

Superada a etapa decorativa dos coquetéis, necessária apenas para comprovar os conhecimentos farmacêuticos do dono da casa, passou-se sensatamente para o uísque, de consumo mais acelerado, sem preconceitos hepáticos, pois o que se bebia do De Lourenço era de indiscutível procedência escocesa. Foi aí, nesse revezamento de bandejas, nessa uniformização de copos e vasilhames, que a festa realmente deslanchou, tomou embalo, ganhou corpo, fornecendo material que as colunas de fofocas exploraram, resultando, entre outras coisas, no desquite da estrelíssima Regina Lins, depois dum casamento modelar, fadado a provar que a televisão não era o que se pensava. Sobre esse caso, talvez fale mais tarde, talvez porque alguém me pediu para não pôr mais lenha nessa fogueira, promessa que lhe fiz, mas que não me fiz.

O primeiro desentendimento, suponho, aconteceu na pérgula, atraente esconderijo para namorados, onde Tony Cardoso, jovem *video star*, que vestia empolgante camisa aluminizada, foi visto beijar por sucção uma garota da sociedade apelidada Pimpa. Acontece que quem viu o ato foi justamente o Carlão, noivo dela, preguiçoso filho dum magnata, cuja única disposição física era para o levantamento de halteres.

– Nossa! Ele não pode fazer isso com o Tony! – protestou o Assumido, com voz irritada, em ponto de S.O.S.

Observando a correria, segui para a pérgula, segurando o meu copo, a tempo de ver o halterofilista massacrar o bonito galã de encontro a uma esguia coluneta de mármore. A noivinha apenas chorava mansamente, revelando, a olhos experientes, certa cancha de flagrantes. E enquanto a separação era feita em caráter de urgência, o De Lourenço, pondo em ação seu bom humor de anfitrião escolado, filmava tudo, tendo obtido, como vi mais tarde em projeção, um *close-up* que lembrou o histórico murro com que Rocky Marciano arrancou o cinturão do velho Joe Walcott.

Tony Cardoso foi levado até o portão por colegas do elenco e algumas fanzocas, interessadas no que ainda restava do galã, mas lá chegando fincou o pé no solo com infantil teimosia, garantindo que não iria embora. De fato, desatendendo a conselhos de bons amigos, voltou à mansão, e logo mais era reconhecido no Azulão, onde, de copo em punho, atraía com seus hematomas a atenção e as carícias da vedetíssima Íris Rodrigues.

Logo após o conflito, alguém lembrou de musicar o ambiente, o que apagou bem depressa a impressão deixada pelo caso Tony Cardoso. Do jardim, perfumado pelas damas-da-noite, eu via os pares dançando no Azulão, muito apertados, cochichando. A comemoração saía de sua etapa protocolar para soltar-se, mais à vontade, quando a tendência maior é para a dança ou os papos entre velhos amigos. Essa etapa, que nas festas acontece no geral entre meia-noite e meia e uma e quarenta e cinco, é bastante divertida e inconsequente, e as pessoas que se retiram no fim desse período levam para casa as melhores recordações. Muitas deveriam tê-lo feito naquela noite.

Depois de uma e meia é que afinal Mara Rios entrou sentada no capô do Mercedinho, dirigido pelo cabeludo Laurucho, que assim estreava nas grandes noites como amante da estrela. Mara virava o gargalo do Vat 69 e depois num largo arremesso atirou a garrafa na piscina antes que o carro parasse totalmente.

– Luzes! Câmera! Ação! – comandava o De Lourenço com sua Super-8.

O Assumido e o Enrustido correram a abraçar a estrela, toda radiosa em sua 200ª, a sorrir e a repetir:

– Vim desde o teatro no capô! Foi um sarro, malandros!

– Venha com a gente, Marinha, venha!

– Sabe que um bruto amassou o nosso Tony?

Quis tocá-la e fiz algum esforço, mas O Pra Lua e o Pedro Márcio tomaram conta da recém-chegada para encenar intimidade e receber no rosto sua luz própria. Seguiram então para o social Azulão, enquanto o Laurucho permaneceu no Mercedinho, sentado em seu novo *status*, sob as lentes e foco do De Lourenço, já sem a preocupação de economizar rolo.

A chegada de Mara Rios, com a corda toda, deu à festa o empurrão imprescindível, fez o bolo crescer, marcou o momento da grande ascensão, e o comportamento geral dali por diante sofreu visíveis alterações. Não seria assim se Mara não tivesse o temperamento correto e a sociabilidade ajustada para aquele tipo de festejos. Desinibida, com muito breu para queimar, e no instante mais favorável de sua carreira, ela entregava-se toda, oral e muscular-mente, ao que chamava de higiene mental, e agia ainda com maior expansão e garra quando entre os convivas visualizava alguém que no passado, descrendo em seu talento, criara-lhe obstáculos e pisara-lhe nos calos. Por isso, logo ao entrar no Azulão, disse-lhe o coração que aquela noite iria à forra: premendo seu Rodo Metálico, gordo e senhor do mundo, estava lá o honorável Max Bisnaga, que havia menos de dois anos lhe negara uma insignificante ponta num *show* do Odeon. De Lourenço, ainda consciente e seletivo, conduziu-a pelo braço a um canto, mas logo provaria não ser o vigilante ideal para determinadas circunstâncias.

Sabendo da profunda mágoa preta que Mara Rios curtia, fui ficando por perto, crendo antes de ver. Não precisei esperar muito pelo espetáculo, pois a atriz, em noite de comemoração, aproximou-se logo do empresário musical e, enriquecendo o seu currículo, atirou-lhe na cara lustrosa um copo do bom uísque do De Lourenço. Mas ele não era criatura que se descontrolasse por tão pouco. Apenas preferiu mudar de ambiente, sem prever que Mara o seguiria com seu repertório de palavrões e insultos.

– Aonde vai, judeu imundo? Fique aqui e aguente o tranco. Não vai querer me esnobar agora, vai? Está vendo esse mundaréu de gente? Vieram todos para me prestigiar!

O Pra Lua, cuja popularidade como ator não cabia numa colher de chá, mas que figurava sempre em qualquer elenco, tratou imediatamente de usar seu sortimento de panos quentes, receando que uma ruptura irreparável lhe obrigasse a optar por um dos dois partidos.

Mara insistia:

– Para aí, Max!

– Afinal, o que você quer?

– Que se ajoelhe e peça desculpas.

– Me ajoelho, mas não aqui – respondeu Max a enxugar o rosto com o lenço. – Vamos para a pérgula.

– Não, tem que se ajoelhar aqui mesmo, no Azulão.

O Pra Lua enfiou um lança-perfume na mão de Mara.

– Cheire isso, Marinha.

– Cheiro nada, quero que ele ajoelhe.

Max, dando uma prova vertical de humildade, ajoelhou-se, enquanto alguns dos seus amigos improvisavam uma roda para isolar a área vexaminosa. De Lourenço, embora o amasse e com ele tivesse negócios, fez funcionar a câmera, *take* que mais tarde negociaria em troca de lança-perfumes, a moeda forte do empresário.

– Peço-lhe desculpas, Mara minha! Não tive a percepção para reconhecer seu talento. É que sou homem de *shows*, não de teatro.

– Isso não basta!

– O que vai querer mais?

Mara subiu-lhe nas costas, não visualmente satisfeita.

– Vamos, cavalinho! Quero dar uma volta pela casa, upa! upa!

Logan aceitou a brincadeira com maior disposição que seus músculos e, carregando sua cruz, saiu do Azulão com Mara no cangote e, bastante trôpego com aquelas pernas curtas, deu uma volta completa rente ao muro da mansão, passando pela piscina e pela pérgula, sempre seguido pela Super-8 e por um grupo crescente de curiosos. Ao retornar ao *living*, com o coração na boca, as pernas bambas, Max depositou a elegante carga no ponto de partida, feliz, contudo, por ter feito as pazes com a nova luz do estrelato. Assim que aterrissou, Mara beijou com estalo as faces de Max e foram os dois para o jardim de inverno fazer os últimos reparos da reconciliação e cheirar o mesmo lança-perfume.

Já que aludi mais uma vez à arma secreta de Logan, creio poder garantir que foi a partir desse momento estabelecida a supremacia do éter sobre o álcool. Mesmo os que não conheciam a casa, guiados pelo olfato ou por instintos cleptomaníacos, dirigiam-se ao escritório do De Lourenço e dele saíam com as brilhantes ampolas de Rodo Metálico. Os mais retraídos ficavam à porta, com lenço na mão, olhos suplicantes, olhos de pierrô, trocando um sorriso por uma esguichada aromática de Kelene. Não participei do assalto, mas a volatilidade do tóxico dispensava inclusive o lenço dobrado. Bastava respirar normalmente para que logo se sentissem os efeitos da imponderabilidade, recurso que a medicina ainda não lembrou para o tratamento do reumatismo e da artrose. Notei então uma alteração total na maneira e ritmo com que as pessoas se movimentavam, mesmo os dançarinos, sem aquela pressa de se divertir, todos mais introspectivos, alguns estacados como postes, inclusive os garçons, a usufruírem prazeres particulares, restritos à cuca, que apenas um milimétrico sorriso revelava. O éter, além de restringir a ambição do espaço, ao contrário do álcool, que induz até à moto-mania, produz alterações ópticas e óticas. O som penetra mais fundo no pavilhão auditivo, produzindo uma espécie de engavetamento sonoro. Das músicas percebe-se o ritmo, a melodia, não. Os instrumentos de percussão encobrem totalmente as cordas, dando a impressão de que se ouve uma música cósmica, planetária, reveladora de mundos, aumentando a possibilidade do contato intergaláctico. Quanto à visão, sensibiliza-se mais às cores fortes, afirmativas, enfatizando o vermelho e o verde, repelindo os tons neutros e cambiantes, como as cores dum mundo nascente, sem rebuscamentos cromáticos, imitação de Gauguin e das madrugadas polinésias. Já no tocante ao campo do pensamento, o voo é rasante, preso às fantasias momescas fixadas na juventude, e tudo que se consegue imaginar, relativo ao tríduo, não vai além do triângulo Pierrô, Colombina e Arlequim, quero dizer, o amor e suas maquinações enxadrísticas. O Kelene não está na bula dos filósofos, mas dos vivedores, sensuais e imediatistas como Max Logan e De Lourenço.

Para a maioria, no entanto, o lança-perfume foi mais objeto de nostalgia e transgressão. Quase todos, sem preparo astronáutico ou por apego excessivo aos interesses em jogo, voltaram ao uísque tradicional. Pedro Márcio, por exemplo, o teatrólogo, cuja peça produzida pelo dono da casa e interpretada por Mara Rios completava duas centenas de representações, apenas uma vez foi visto cheirando o lenço. O fantástico para ele era a realidade, sua lapela de cetim. Há um ano, era um não ilustre desconhecido que nas horas vagas de seu ócio total rascunhava algumas peças experimentais: um belo dia remeteu uma delas para a censura e quis Deus que fosse proibida. Durante meses, as cópias da peça viajaram de mão em mão, chegando às de dedos bem tratados e unhas polidas do crítico Domingos Grinaldi. Aproveitando a onda que se erguia a favor de Pedro, Domingos sentou-se numa boia de cortiça e foi na crista, anunciando-se o descobridor dum novo gênio.

Já o redator principal de *A Voz do Povo*, convidado à festa por De Lourenço, sempre com um pé em cada canoa, duvidava do caráter e da autenticidade revolucionária da peça teatral de Pedro Márcio. Antes dali e desde que se encontraram na casa, trocaram palavras e insultos. O jornalista dizia que uma peça ou música, ingressos e discos vendidos só tinham o mérito de fazer novos milionários. Eram mensagens que não chegavam ao povo e só objetivavam o faturamento.

– O teatro vai resolver o seu problema, não o problema da massa – dizia o jornalista.

Com seu escocês na mão, e enfiado no *smoking*, Pedro Márcio revidava:

– Pus o dedo na ferida!

– Você fala como se fosse o descobridor da miséria.

– Pus o dedo na ferida! – repetia o teatrólogo.

– E ganhou em troca um apartamento!

Domingos aproximou-se em defesa de Pedro, mas seu tom de voz pequeno não dava acústica ao pensamento. Mesmo assim se ouviu que escrever sobre o proletariado já era alguma coisa, pôr o dedo na ferida era um ato de coragem, sim. Pedro Márcio não se alienava, participava.

O jornalista apontou o De Lourenço que dançava com a maneca Denise cheirando e fazendo-a cheirar o lança-perfume.

– Se sua peça oferecesse perigo, aquele homem não a montaria. Ele vê nela um bom negócio! E está certo! É quem mais fatura! Vocês são revolucionários de araque, tá?

Apanhei um Rodo, deixado por Íris, que desmaiara por ter retido o éter por tempo demasiado, e fui ao jardim justamente no momento em que o Enrustido subia ao muro. Levava um copo na mão, mas mesmo assim equilibrava-se. O Assumido, embaixo, acompanhava-o aflito, seguido por um grupo que emitia grunhido, temendo o desabamento. Indiferente às súplicas do companheiro e aos receios da ambulante plateia, o Enrustido prosseguia lentamente o seu trajeto. Mais além, percebi que chorava e dizia-se infeliz. Não gostava do mundo e o mundo não gostava dele.

– O que fiz pra sofrer tanto? Por que todos me tratam dessa maneira? Vou acabar com a vida!

O Assumido tentou puxá-lo pelas canelas, para que descesse, mas seu par constante ameaçou-lhe pisar as mãos ou chegou a pisar, não vi. Então, por boa intenção ou pelo desejo mórbido de fazer revelações públicas, foi dizendo enquanto do chão seguia o companheiro no muro:

– Desça e assuma! Desça e assuma!

O Enrustido, com seu copo, não ouvia nem respondia. Trocando os passos sem temer o perigo, mas cada vez mais perto dele, continuava choramingando:

– Por que me perseguem? Por que me torturam?

– Ninguém lhe quer mal – garantia o Assumido. – Também já me senti como você, lembra? Mas agora sou livre! Encaro as pessoas! Sou feliz!

O homem sobre o muro não tomava conhecimento nem mesmo da Super-8 do De Lourenço, que por nada deste mundo perde-ria aquela bela tomada de baixo para cima. Foram os melhores *takes* da noite, como vimos depois.

– Assuma! – berrava o já assumido. – Enfrente e assuma!

Foi então que, olhando o jardim, vi o Laurucho ainda dentro do Mercedinho, servido por um garçom. Ele lá, no seu *status*, no assento de amante de Mara, era o espetáculo que mais apreciava, mas saiu do carro ao sentir que todos os olhares convergiam para o *show* aéreo que o Enrustido estava oferecendo. Perguntou:

– O que aconteceu?

– Veja! O portão! Ele vai ter que parar.

Certo, o Enrustido, no meio do caminho e do autodesafio, encontrara um obstáculo: o portão. Teria que descer ou voltar; preferiu não fazer uma coisa nem outra. Depois de atirar o copo no meio da rua, agarrou-se às barras superiores e, agitando as pernas soltas, à procura de pontos de apoio, conquistava a cada metro de espetáculo o aplauso e o respeito da assistência. Até a senhora da beneficência, cujo respeitável nome não recordo no momento, foi incentivar o homem-mosca, talvez já pensando em prováveis rendas para seus excepcionais. Apenas o Assumido, vendo o seu par tão delirantemente aplaudido por mãos e gritos femininos, tentava ainda dissuadi-lo de tão masculina empreitada.

– O que você quer provar? Isso é ridículo! Desça e assuma!

O Enrustido, movido a pequenos impulsos, atando-se pelas garras, sempre a pendular as pernas, conseguiu enfim transpor o portão via aérea até repousar os pés novamente no muro para continuar circundando a mansão a caminho da pérgula. Já mais confiante e quase sem o auxílio das asas, seguia agora em compasso de passeio, com uma confiança que vinha de dentro, e assim como um transeunte, sem ao menos estender os braços nem usar guarda-chuva para equilibrar-se, chegou gloriosamente ao ponto de chegada. Lá do alto, antes de saltar para a grama, o Enrustido sorriu para a objetiva do De Lourenço e para todos que acompanharam sua esplêndida proeza. Em seguida, em *slow-motion*, como um paraquedista num feliz mergulho dominical, voou do muro para o jardim, caindo de pé com toda graça e leveza. Não sei se o artista da Super-8 filmou a empolgante aparição de Íris Rodrigues, já refeita do desmaio, que empurrando uns e outros atirou-se aos braços do Enrustido para pregar-lhe na boca o maior beijo que já se vira desde os tempos do cinema mudo. Num *take* instantâneo, vi a expressão de horror do Assumido, escandalizado, enquanto o outro, já chamado de Walfrido, passava o braço em torno da cintura da vedete, conduzindo-a para o lugar menos iluminado da pérgula. Tivemos a impressão de ver outro homem, inclusive mais alto e com os ombros mais largos. A autora do milagre deixava-se conduzir por ele, com um sorriso de luz fluorescente, submissa e encantada. O Assumido foi atrás, não convencido, e observado por cem olhos, puxou o ex-Enrustido pelo braço para livrá-lo da porca fêmea. Seu antigo par, descobrindo ou redescobrindo novas sensações, empurrou-o de leve e tomou a iniciativa de beijar a cobiçada Íris. Para o Assumido foi uma provocação à queima-roupa. E um tapa no rosto da boa moça do rebolado deu à sequência o impacto que faltava.

– Você vai pagar por isso, seu... seu...

Era a voz do então Walfrido, toda peitoral, sem dubiedades, reafinada para novo comportamento sexual.

– Vamos, largue essa escrota. Você não é disso que eu sei.

Desta vez quem tremeu nas bases e acabou indo abraçar uma coluneta da pérgula, com o ímpeto de quem se atira à sua genitora no Dia das Mães, foi o Assumido. Então cometeu seu grande erro: reagiu. À sua maneira, a unhadas e beliscões, mas reagiu. Walfrido, esquecendo o antigo relacionamento, passou a bombardear o caro colega com uma saraivada de murros, um-dois, com ritmo e pontaria, um-dois, em cima e embaixo, sem esforço nem piedade. Nocauteado de pé, sem o favor da contagem, o Assumido nem podia recuar, devido à coluneta. Se não fosse a pronta intervenção de vários, entre os quais divisei O Pra Lua, algo muito pior teria acontecido. Aí o Assumido não fez mais nada, e sozinho, mesmo sem a companhia de seu anjo da guarda, foi dar um triste passeio pelo jardim. Até o gozativo De Lourenço teve pena ou pudor de filmá-lo.

Não havendo mais nada para ver nos exteriores, voltei ao Azulão onde a discoteca do dono da casa, funcionando nos sulcos da nostalgia, estourava os nossos ouvidos, imaginem, com um mambo-jambo de Perez Prado: *mambo, que rico el mambo, mambo.* A animação do *living* não esfriara com os acontecimentos da pérgula. Ainda se dançava dentro de determinados padrões e via-se Mara

Rios, que, reconciliada com Max Bisnaga, tendo usado a indestrutível esponja do passado, fazia-se arrastar-se por ele com o queixo firmado como uma estaca em seu ombro. Seu último caso, o Laurucho, sentado e cheirando lança-perfume, contemplava-os sem ciúme, já identificando os dentes da engrenagem naquele emaranhado de formas e cores psicodélicas. Vi também o Alfion, o doce figurinista, que vagava como uma pluma, a ostentar na lapela de cetim e na alma de paetês sua badalada Agulha de Ouro, com a qual costumava espetar o bolso dos maridos ricos. O Pra Lua dançava com uma atriz negra. Tony Cardoso curava-se da surra tomando champanha no gargalo. O teatrólogo, falando sem parar, sentindo-se o rei da festa, discutia ainda com o já referido redator de *A Voz do Povo*.

– O que você quer? Que a gente atire coquetéis Molotov?

– Eu não disse isso, eu não disse isso... – defendia-se o articulista. – Também sou contra a violência.

– Se você combate os intelectuais de esquerda...

– Não combato! Apenas denuncio a falsificação ideológica! Gente que quer tirar vantagem... Que faz da miséria do povo uma caixa registradora.

– Não temos culpa se o teatro de protesto dá dinheiro, temos?

A discussão era nesses termos, acho que era nesses termos. Lembro-me que o De Lourenço apareceu e fez uma pilhéria, coisa assim: "troquemos Molotov pelo estrogonofe". E apontou para o corredor que levava à cozinha, donde vinha um apetitoso aroma.

Embora o convite não tivesse sido dirigido a mim, segui para a cozinha, pois já sabia naquele ano que o sólido aumenta a resistência ao líquido. Foi aí que presenciei o episódio do chupão que um penetra deu no pescoço de Denise, que resultou em pronta reação de seu acompanhante. Tive a impressão de ouvir as costelas do aludido estalarem, premidas por uma chave de braço, quando alguém que se dizia radiologista, e que jogava tanto quanto as antigas barcas de Niterói, fez um sumário exame nas costas do atrevido, concluindo pela fratura. Não lhe deram crédito, porém, com o que não se importou, pondo-se a premer o nariz no lenço embebido de éter.

Na cozinha, assim que acabei de limpar o prato de estrogonofe, começou a falada zorra com o professor Arquimedes por motivos difusos ou ignorados. Nada tinha contra ele, pelo contrário: simpatizava com seus hábitos e maneiras. Semanas depois, encontramo-nos e nenhum de nós fez referência ao sucedido. Suponho, apenas, que um ou outro, ou nós dois tínhamos feito uso desmedido do Rodo Metálico. O certo, segundo mais a informações que lembranças, é que fomos combater no jardim, eu portando um carrinho de feira, ele uma pequena escada de ferro que encontrou na despensa. Acredito que a desigualdade das armas ou sua originalidade, jamais postas em xeque e teste, despertou de imediato a ibopeana curiosidade dos convivas a ponto de esvaziar momentaneamente o Azulão. À luz da lua e das estrelas, num vai e vem que ia da piscina à pérgula, em ímpetos e recuos estratégicos, a segurar com ambas as mãos e máxima firmeza nossos instrumentos, batíamo-nos com tal denodo e destreza, que me faz relançar sem pejo a palavra "galhardia". Ninguém ensaiava ao menos impedir o combate, não porque desejavam ver sangue correr, mas encantados com o toque medieval daquela surda disputa, que não mostrava o equilíbrio fajuto dessas lutas de vale-tudo na televisão. Ora o professor martelava sua escada, pondo-me em apuros entre dois bancos de mármore da pérgula, ora eu, brandindo meu carrinho de feira, ameaçava atirá-lo à piscina, onde alguns, completamente vestidos, nadavam e torciam. Num dos lances mais imprevistos, tive que recuar, entrar de costas na mansão e atravessar todo o *living*. Mas numa hábil virada, recordação de velhos filmes de Errol Flyn, obriguei o intelectual e sua escada a saírem de costas pela cozinha.

Voltamos a combater no jardim, revigorados pelo ar fresco da madrugada, aplaudidos por quase uma centena de espectadores, embora conste que o Alfion perdeu os sentidos ante tanta violência. A luta parecia estar ainda muito distante do fim, e cada vez mais à maneira dos cavaleiros da Távola Redonda, quando as alças do meu carrinho se romperam e por um instante tive a certeza de que meu heroico contendor me deceparia a cabeça com sua escada. Ao verem minha arma rolar pela grama, ouvia-se um "ó" ou "oh!", não recordo, e eu já ia buscar refúgio não sei onde, quando o cavaleiro da corte do rei Artur, provando sua fina educação, aperfeiçoada se não me engano no Mackenzie College, abandonou sua arma de guerra e fez-me uma salvadora mesura.

Recolhi meu Rodo, que caíra do bolso, e curvei-me ante o público, indicado pela generosidade do meu adversário. O que fiz imediatamente não recordo, pois no meu videoteipe particular só agora via o Enrustido sobre o muro, mas talvez foi aí, na confusão de imagens, que o jornalista de *A Voz do Povo*, subindo numa cadeira e depois na mesa, começava a gritar em evidente provocação ao teatrólogo:

– Viva a festiva! Viva a festiva!

O crítico Domingos Grinaldi fez menção de retirar-se, levando a noiva pelo braço, mas, erguendo a voz o mais que pôde, replicava:

– Duzentas representações! Duzentas representações!

– E com a casa lotada todos os dias! – acrescentava, também aos berros, Pedro Márcio.

Num pulo circense, o jornalista saltou da mesa para uma poltrona, feliz por ter encontrado uma forma com mais molho e agressão para expressar-se:

– Festiva com estrogonofe!

Alfion passou por lá, mas não entendeu nada, embora não lhe agradasse ver aquele homem com os pés no estofado do De Lourenço. O Assumido estava de cabeça baixa num dos seus cantos, e Mara Rios, nos braços do Laurucho, muito doidões, beijavam-se na mira de um fotógrafo, completamente alheios aos gritos e às atitudes do redator principal de *A Voz do Povo*.

– Festiva com estrogonofe! Com Chivas Regal! Com De Lourenço!

– Vamos acabar com isso – berrou o teatrólogo.

– Com Rodo Metálico!

– Desça daí, seu penetra – protestou a noiva do crítico.

O jornalista, noutro salto, voou para a mesa.

– Com *rock-and-roll*!

Pedro Márcio puxou as pernas do baderneiro marxista, obrigando-o a pisar no chão.

– Com piscina de água quente!

Domingos Grinaldi segurou o gênio popular que ia partir para a ignorância.

– Com Mercedes-Benz!

Nessa sequência, saí atrás de um garçom que fora para o jardim com sua bandeja, e já estava de posse do meu copo, quando vi em autocontraste, devido ao excesso de iluminação, o festejado teatrólogo empurrando aos bofetões e traulitadas o articulista em direção à aristocrática piscina. Ouvi o puft e vi-o cair na água, perto do trampolim, percebendo logo que, por culpa duma educação proletária, ignorava tanto o nado de peito quanto o de costas ou o borboleta. Pior ainda, não aprendera a boiar, prática facílima que mais exige o abandono do corpo, como se ensina nas velhas escolas de dança, e portanto, como uma âncora, afundou três metros, deixando em seu lugar algumas borbulhas ornamentais. Talvez por não estar vestindo *smoking* ou devido à pequena tiragem de seu jornal, ninguém se preocupou em socorrê-lo, e o próprio Pedro Márcio, Prêmio Air France de Teatro, virou as costas às bolhas de ar, regressando ao Azulão. Eu fui o único, graças a Deus, que, movido pelo meu bom coração, tentei fazer algo, empurrando na piscina um garçom que no momento passava com dois pratos cheios de estrogonofe.

– Há um homem no fundo – avisei.

O garçom não sabia nadar também, e foi procurando o raso, o que me obrigou a empurrar um segundo à piscina, que levava uma bandeja com mais de uma dúzia de copos de uísque. Este, logo entendendo a situação, mergulhou, voltando logo à tona e puxando pelas axilas o editorialista de *A Voz do Povo*. E o notável, pasmem, é que a anfíbia criatura, apesar da muita água bebida, ainda repetia com fé os seus refrões:

– Festiva com estrogonofe! Festiva com Rodo Metálico!

Um terceiro garçom ajudou o segundo a retirar o náufrago da piscina, que, todo encharcado e arrancando em pasta do bolso seu artigo de fundo, esticou-se na grama para secá-lo e para secar-se.

Dei a volta pela mansão e entrei pela área de serviço, informado de que, nos quartos de empregada, as coisas aconteciam ainda com maior liberalidade. Dando crédito a essa voz amiga, fui. Num deles apenas se fumava maconha, um grupinho em família, mas no outro O Pra Lua, com a calça descida, sobre a cama, possuía a Mônica, uma das manecas do Alfion. O que me chamou mais a atenção, no entanto, foi o que vi sob a cama: meia cabeça para fora, lá estava a dormir o rapaz que me acompanhara ao *party* e que não tivera mais o prazer de vê-lo desde as onze. Tentei retirá-lo dali a despeito do que se passava na parte superior da cama, sem conseguir. O moço não dava sinal de vida se bem não estivesse morto. O fato é que não saiu naquela noite, não saiu na manhã seguinte, só acordando às três horas da tarde, quando um aspirador lhe chupou os cabelos.

O que aconteceu com Leila Maria confesso que não vi a olhos nus. Só veria mais tarde, noites após, na própria mansão do De Lourenço, quando se reuniram algumas pessoas que haviam participado da comemoração. Leila Maria, atriz de certo nome, nada afeita a orgias coletivas, que se orgulhava de manter relativa castidade no ambiente, ficou em estado de choque quando viu na tela do *living*, em cores, em vários planos, suas relações sexuais com o Laurucho, Pedro Márcio e O Pra Lua, que esteve em sua melhor forma em toda a festa. Conhecia bem a moça e sabia que não era disso, mas o filme estava lá, para quem quisesse ver, embora De Lourenço não se lembrasse de ter filmado nada que se parecesse com aquilo. O próprio Laurucho jurava que apenas recordava o momento em que dançara com a atriz no lavabo, os dois parcialmente despidos. Leila, porém, não podendo descrer do que via, e pensando nas consequências que poderiam advir daquele rolo, sem mesmo implorar ao De Lourenço que inutilizasse aquelas cenas, saiu dali correndo, entrou no carro, estacionado no jardim, e desapareceu. Mas na mesma noite um telefonema informava que perdera a direção e batera num poste, estando internada no Hospital de Defeitos da Face.

O desquite de Regina Lins também foi motivado pela câmera do vedor-geral que, escondido num armário embutido e topando as dificuldades dum agente secreto, à guisa de teste de iluminação, rodou alguns pés com a clareza suficiente para mostrar a referida joelhada ante uma cama, à qual se sentara com a braguilha aberta alguém que segurava um Rodo e que podia ser Max Bisnaga, Tony Cardoso ou um publicitário de nome Dinovan, que apareceu já embriagado no fim da festa.

Quando eu supunha que o Assumido, após a derrota sofrida, atentasse de qualquer forma contra a existência, não é que o vejo, no jardim de inverno, ele e o sonoplasta duma telenovela dançando maciçamente, com pés de borracha, talvez o único instante de lirismo e encontro que presenciei naquelas sete horas passadas na mansão de De Lourenço. Como estavam a sós, enlaçados por um velho sucesso, parece que de Sinatra, retirei-me sem ser visto, retornando à zoeira do Azulão.

Acho que pouco antes do grande branco que viria depois, sei que alguém estava ao telefone, na biblioteca e, voltando-se para um pequeno grupo, embora sem o desejo de desmanchar prazeres, informou:

– Está havendo uma revolução.

– O quê?

– Uma revolução.

– Onde?

– No país.

Se ouvisse "a Terra está sendo invadida pelos marcianos", minha reação teria sido a mesma, isto é, nenhuma, pois sentado no espaço puxei conversa com Max na intenção de contar-lhe uma ideia para um *show* que eu bolara. Max ouviu as primeiras palavras e depois saiu pela janela para ir boiar como uma enorme bola sobre a piscina. Foi então que a bela mansão inclinou-se para a esquerda e vi alguns objetos, principalmente garrafas, escorregarem sobre a mesa, mas não caírem: curioso. Aos poucos fui me habituando àquela inclinação e percebi que se podia andar e mesmo dançar sem o risco de tombos iminentes. Contudo era mais prudente andar junto às paredes, apoiando-se nelas ou segurando-se nos móveis, pois a inclinação às vezes acentuava-se. Senti-me melhor, no entanto, quando uma mulher, não lembro quem, tirou-me para dançar, o que foi durante alguns minutos excelente ponto de apoio. Mas, quando ela me abandonou, no meio do *living*, que estava muito mais comprido, fiquei momentaneamente desamparado, até que mãos invisíveis e bem-intencionadas conduziram-me ao jardim, onde me estirei na grama. Não nos primeiros momentos, mas muito depois, observei que não era eu o único que saíra em busca do verde. Outros, também procurando contato com a natureza, descansavam ou dormiam na grama. Alguém vomitava ao meu lado, mas devido a um torcicolo não pude verificar se era homem ou mulher.

Quando consegui sentar-me pude ver dali, iluminada e repleta de banhistas vestidos, a hollywoodiana piscina do De Lourenço.

Atraído pela luz, devo ter feito algum esforço para ir até lá, ao contrário de Laurucho, que se movimentava perfeitamente de quatro. Mesmo assim, o pouco que me aproximei deu para distinguir Mara Rios, a dama da benemerência, o ex-Enrustido e Íris Rodrigues, que nadavam à vontade, no estilo cachorrinho, apesar da piscina também estar inclinada.

Como mais tarde vi nos *takes* do De Lourenço, caminhei até o trampolim, ao qual me segurei, abraçando-o, com medo natural de morrer afogado. Mas não me lembro disso, nem da bofetada que, diante de mim, alguém aplicou em Max Bisnaga, o que foi injusto, porque o empresário foi impecável naquela noite, disseram. Lembro-me de ter visto alguns Rodos boiando na piscina e o Assumido e o sonoplasta entrando no banco traseiro dum carro. O estranho, constatado depois da projeção, foi ver sempre a meu lado a lésbica Carleta, extra do cinema pornô, quando não a vi uma só vez, ao vivo quero dizer, durante toda a festa. Bem fazia, convenhamos, o De Lourenço, que confiava mais na câmara que nos olhos humanos.

Deixem-me agora falar do De Lourenço, o milhardário, o industrial, que por deleite e fantasia costumava produzir peças teatrais e filmes cinematográficos. É respeitoso falar do dono da casa, o cavalheiro que afinal nos proporcionou a noitada. Depois de tudo filmado e documentado, largou-se ao ar livre, inclinado como tudo, uns trinta ou quarenta centímetros. Disse que se largou e foi numa poltrona de junco e começou a rir, a rir com muito peito e saúde, um riso, risada ou gargalhada (estava um tanto escuro para ver) que não era o nosso, dos pobrezinhos, mas dum homem que vencera e comprovava, e que podia soltar-se, assim como fazia, acima de qualquer comentário ou mal-entendido. Todos estavam em sua Super-8, menos ele, o filmador, o diretor de imagens, e isso, acho eu agora, era engraçado. Seguro ao trampolim, com receio de cair na piscina e morrer afogado, ouvia a gargalhada do De Lourenço, e entre a vida e a morte entendia o seu poder.

Não sei como saí daquela incômoda posição, mas, segundo o que senti e contaram-me, fui me dirigindo ao portão, já quase de manhã, andando de quatro. Mas não ia só, ia em grupo com o Pedro Márcio, o Laurucho, O Pra Lua e alguém mais. Acredito que naquela turma o único que se mantinha de pé, quase ereto, embora sem a noiva, era o crítico teatral Grinaldi. Vi carros que saíam com seus faróis ligados e quase nos atropelavam. Um deles, um Aero, foi bater no muro da casa fronteira derrubando-o parcialmente. Não é verdade, porém, que o Karmann-Ghia de Íris tenha caído na piscina: apenas pôs por terra uma das colunetas da pérgula. Os comentários sobre a comemoração foram exagerados, quando não maldosos. O mundo é assim mesmo.

Acho que já estava amanhecendo quando eu, Pedro Márcio, O Pra Lua, alguém mais e o crítico, que insistia em caminhar apenas sobre os pés, alcançamos a rua. E fomos assim, na posição verdadeira do homem, seguindo para a esquina, banhados pelas luzes dos jardins da mansão do De Lourenço. Apenas O Pra Lua ainda cheirava lança-perfume. Detrás dos muros de hera, uma mulher gritava, dizendo-se violentada, mas como já estávamos de regresso, não nos interessamos.

O teatrólogo, o moço das duzentas representações, vendo as coisas do nível da rua, rente ao solo, percebeu uma massa cinzenta mover-se na esquina. Parou.

– O que é aquilo?

Não porque pudesse ver, mas porque ainda pudesse falar, O Pra Lua disse:

– Um simples caminhão de lixo.

O Laurucho, que jamais retornaria ao leito de Mara Rios, devido a seu procedimento naquela noite, acrescentou informações:

– De fato é um caminhão de lixo. Com muitos lixeiros em cima. A outra pessoa que nos acompanhava, e que nunca soube quem era, babando, observou:

– Os lixeiros não estão recolhendo lixo. E têm metralhadoras.

O crítico teatral, nostálgico, balbuciou:

– Quero voltar à casa de De Lourenço. Vou fazer um discurso.

Alguém me pisou na mão direita. A dor imediatamente me fez ver tudo mais claro e nítido, embora em preto e branco. A coisa na rua, antediluviana, aproximava-se dispensando o uso de pneus.

– Não é um caminhão de lixo – garantia com a cara a um palmo do chão.

Pedro Márcio cerrou os pequenos olhos, querendo enxergar por pressão.

– Então que diabo é?

O Pra Lua tentou firmar-se sobre as patas, mas caiu de joelhos, enquanto o Laurucho, levando a mão aos olhos, em viseira, partilhava de minha opinião.

– É mesmo, não é um caminhão de lixo.

Observei mais um instante, vendo o monstro deslizar pesada-mente, ao tempo em que suas antenas, em forma de canos, agitavam-se. Lembrei a informação do telefone.

– Acho que sei o que é.

O De Lourenço, de braço dado com a senhora da beneficência, surgiu ao portão, e ambos cumprimentaram, com acenos e simpatia, os ocupantes do veículo.

– É um tanque de guerra – eu disse.

Pedro Márcio ainda premia os olhos, incrédulo. Grinaldi, desequilibrado, caiu de joelhos.

Ora, eu não estava tão bêbado assim: era mesmo um tanque de guerra.

Traje de rigor

I

Diante do espelho teve a impressão de que fora desenhado com tinta nanquim. Nunca se vira com tanta nitidez, assim em preto e branco. Parecia ter-se erguido da prancheta dum *layout-man* para os braços de uma noiva. Com estranho prazer, sentia-se um ser artificial, algo elaborado por mãos profissionais, mais pano do que gente. Aos 36 anos vestia um *smoking* pela primeira vez, e era como se tivesse se enfiado dentro duma pele nova. Uma pele especial, fidalga, de rara procedência estrangeira. Não podia adaptar a ela seus músculos e sua mente com a leviandade carnavalesca de quem veste uma fantasia. As lapelas de cetim, o friso indestrutível das calças, os sapatos de verniz lhe punham na boca o gosto de madeira dos manequins. Lamentava que, da terra, pai e mãe não o pudessem ver com o traje de gala. Os dois velhinhos inchariam de orgulho, eles que só tinham visto o filho único vestir roupas proletárias e desajeitadas, de fazendas baratas, trabalhadas em série por mãos magras. Nenhum parente para o sorriso de admiração. Apenas, talvez, o olhar curioso do porteiro do hotel.

Há um mês entrara na alfaiataria para a nobre e grave encomenda. Não discutia preço: queria qualidade. Exigiu o maior cuidado nas medidas. Folheou figurinos com o dedo ágil. Implorou que molhassem a fazenda. Nas provas, renovou as exigências, rodeado pelo alfaiate e oficiais. Depois comprou os sapatos de verniz, o cravo da lapela e ficou à espera da chegada do *smoking*. A princípio ansioso, acabou esquecendo que o encomendara. Só se lembrou dele quando o entregador da alfaiataria apareceu no hotel com cara de quem quer gorjeta.

– Seu Otávio mora aqui?

Habitualmente era generoso nas gratificações. Gostava de lhes acrescentar pilhérias:

– Tome estes vinte mangos. Agora já pode casar.

Não perdeu tempo: era o fim da tarde de sexta-feira e sua folga semanal na agência de publicidade se prolongaria até as nove da manhã da segunda. No entanto, só se sentiria desobrigado do trabalho ao pôr no corpo aquela roupa nova. Sobre o criado-mudo estava o bem confeccionado convite para o baile. Há quanto tempo não ia a um baile? Há uns dez anos ou mais. Provavelmente mais. Desde que se apaixonara irremediavelmente por uma chinesinha de pulôver azul, com a qual dançara meia dúzia de vezes. A única paixão em toda a sua vida que terminaria em casamento. A chinesinha poderia tê-lo salvo da solidão dos hotéis, das bebidas envenenadas das boates e dos amigos cacetes. Ela, porém, não estava apaixonada e desapareceu com seu pulôver azul. Nunca mais a viu.

Ao apertar na cinta a faixa de toureiro, achou-se ridículo, mas gritou "olé!". Teve uma dificuldade enorme para entrar dentro da camisa de peito duro. A gravatinha preta foi um desafio. Devia haver compêndios que ensinassem os cavalheiros a vestir *smokings* ou então cursos rápidos. São Paulo é uma grande metrópole e uma escola assim não fecharia por falta de alunos.

Pronto, finalmente! Não, não ainda. Esquecera o detalhe do relógio. *Smoking* com relógio de pulso? Certo colunista social deplorara em meia lauda o deslize de elegância cometido por figurão da sociedade. De seu pai herdara um relógio de bolso: a ocasião certa para tirá-lo do baú.

Olhou os ponteiros: sete horas. O baile começaria às nove ou, precisamente, às vinte e uma. Teria tempo de sobra para um uísque *sour* ou um *manhattan*, bebida muito correta para os homens elegantes. Fitou-se vaidosamente no espelho. A mancha negra que ele era, refletida.

Já podia ir: o publicitário Otávio – planificador de algumas campanhas magníficas, autor de vários artigos publicados na PN e na RP sobre a arte de redação do "texto que vende", funcionário bem pago, sem queixas ou reivindicações incômodas, órfão e solteirão, ex-apaixonado duma chinesinha de pulôver azul que conheceu e perdeu num baile do Club Comercial havia dez anos, tendo já gozado férias em Punta del Este em época de festival, com um romance superbolado na cabeça a respeito de mocinhas que fazem a vida, apelidado em seu estreito círculo de amigos Lobo da Estepe ou simplesmente Lobo, simplificação que adorava porque queria que o julgassem um perigo para as mulheres, coisa que ele não era – ia de *smoking* novo em folha e alguns milhares de cruzeiros no bolso a um baile muito promissor, patrocinado por publicitários, gerentes de grandes lojas, concessionárias de firmas revendedoras de automóveis, no salão da Casa de Portugal, onde se exigia traje escuro, na esperança absurda de encontrar outra chinesinha ou jovem de qualquer raça, mesmo latina, com ou sem pulôver, a quem pudesse desposar impetuosamente para atender a um pedido *in extremis* de sua mãezinha querida, que o tivera na conta do melhor moço do mundo.

II

O bar, no interior duma galeria, muito aconchegado, chamava-se Minueto. Muitos homens com pastas debaixo do braço iam lá tomar aperitivos à saída do trabalho. Para outros, era um trampolim para o fundo da noite. Tudo novinho, tudo pequeno, uma porção de pernas masculinas enfileiradas, muitos cálices, copos e taças sobre o balconete.

Otávio sentou-se num banco alto, perto da porta, pediu um *sour* e ficou espiando o movimento intenso àquela hora. Como se acompanhasse uma partida de pingue-pongue, seguia as pessoas que passavam apressadas. Um garoto, carregando pacotes coloridos, olhou para ele, com ar gaiato, e riu. Nunca vira *smoking*, por certo. O elegante cavalheiro apertou o convite dentro do bolso. Olhou o cálice: a desvantagem do *sour* é que não é servido em copos. Acabou o primeiro e nem tinha feito hora. Mandou vir o segundo, agora entregue ao doce prazer de recordar. Não era tão solitário e não podia gastar muito dinheiro em aperitivos e aparelhos elétricos quando se apaixonara abrupta e morbidamente pela chinesinha de pulôver azul. Até aquele instante prometera-se morrer solteirão e frequentador assíduo do higiênico bordel de dona Daly, sua amiga, conselheira, cartomante e uma espécie de tia muito vivida, com quem costumava ir ao cinema quando a vida ficava muito chata. Dizia, na ocasião, que ele, Otávio, era o dono do seu destino. Mas não com essa simplicidade. Ligeiramente alto ou alegre, explicava aos amigos que pior do que a morte era a rotina burguesa. O filósofo, porém, não estava nele quando, no salão iluminado, deslizou a vaporosa chinesinha de pulôver azul. Com ela se casaria, levando dona Daly por madrinha, e teria filhos de olhos puxados, que ele vestiria à maneira oriental e levaria a passeio nos domingos de manhã. A chinesinha, grávida, ficaria em casa fazendo pastéis de palmito.

– Está de casamento hoje?

Otávio nem se dera conta da aproximação de Rolando. Não era um amigo, mas um velho conhecido, colega dum jornal onde trabalhara na juventude, depois da guerra. Rolando fazia reportagens policiais ou tentava fazer. Seus íntimos eram tiras ou criminosos. Estivera amasiado com uma ladra, a Rutona. Ganhava pouco mais do salário mínimo e usava sempre um terno só até que perdesse a cor. Usando uma roupa sem cor, ele próprio ficava incolor. As calças e o paletó permanentemente amassados davam a impressão de que a carne de Rolando também era amassada e que dormia dentro duma valise para pagar menor aluguel na pensão onde morava.

– Vou a um baile – explicou Otávio.

– É exigido *smoking*?

– O convite diz apenas traje escuro. Resolvi exagerar porque nunca tive um *smoking* e porque meus pais sempre acharam que eu devia ter um.

– Pague-me uma bebida dessas – pediu.

– Não, isto é uísque. Pago a meia-de-seda.

– Foi bom ter encontrado você... – começou o repórter.

Rolando estava sempre querendo vender alguma coisa a quem não queria comprá-la. Distintivos, capacetes da revolução e algemas. Mostrou à altura da cinta um revólver de cabo preto. Alemão, legítimo. Em sua opinião, todos os homens deviam ter um “berro”. Aquele era uma pechincha. Valia duzentos mil cruzeiros, mas o vendia por trinta só porque simpatizava com Otávio.

– Obrigado, Rolando, não quero.

– É de graça.

– Não gosto de armas, já me disseram que sou um suicida em potencial. Mas compraria um arco e flecha se você tivesse para vender.

Rolando argumentou que ele podia negociar o revólver, ganhar em cima. Dinheiro em caixa. Só não fazia isso porque precisava de dinheiro com a máxima urgência.

– Tome a meia-de-seda.

– Ah, a meia-de-seda...

Gianini, cada vez engordando mais, parou no centro da galeria, a apontar para Otávio, rindo como se estivesse no circo. Otávio não sabia donde o conhecia, mas todos o conheciam. O gorducho, porém, tivera a maior notoriedade no passado quando cantara óperas na Rádio Gazeta. Tirara retratos abraçado com Gino Becchi. Dera entrevistas comendo macarronada. Despedira-se dos amigos para cantar no Scala, mas não embarcara. Atualmente, além de beber, ninguém sabia o que fazia. O principal, no entanto, é que continuava eufórico.

– Como está belo! – exclamou Gianini.

– Não deboche.

– Belo como um provolone. Dá gosto ver você assim...

Rolando tinha um segredo para o garçom: queria outra meia-de-seda. Otávio defendia-se dos braços de Gianini, que ameaçavam amassar-lhe a roupa. Mas, bruscamente, o velhote gorducho inter-rompeu a massagem:

– Que estão bebendo? Ah, me esqueci de que não bebo mais!

– Está doente, Gianini?

– Esse fígado filho dum cão! – exclamou como se tivesse perdido toda a família num desastre.

– Quebre a dieta hoje!

– Bem, quebro. O seu é meia-de-seda, Rolando? Então quero uma meia-de-seda.

Otávio consultou o relógio:

– Às nove tenho o baile.

– Ah, você vai a um baile? Como está bonito, Provolone, com essa jaqueta!

– É *smoking*!

– Que figura grandiosa! Você parece um embaixador! Como é, tem ganho muito dinheiro?

– Mais ou menos.

– Uns cem.

– Mais.

– Duzentos.

– Acho que mais.

– Cáspite, o que faz com tanto dinheiro? – Olhou o cálice. – Está bebendo uísque... Rolando, ele bebe uísque enquanto a gente arrebenta o fígado com a meia-de-seda. Mas você está muito elegante, Provolone! Que Deus o conserve elegante e rico.

No bar, lá no fundo, havia um espelho. Otávio identificou-se logo. Ele era a mancha preta com ângulos retos. Rolando, o homem amassado, e Gianini, a massa redonda com um botão quase a estourar no meio. Perto dele, os outros pareciam mendigos. Por Deus, tinha de se dar com gente de melhor classe!

– Está boa a meia-de-seda – observava Gianini.

Otávio olhava para o interior do bar, alheio. Era agradável estar ali, naquele rápido encontro com amigos, ciente de que logo chegaria a hora do baile. Via-se dançando com uma moça grã-fina, recém-chegada da Europa, onde fora fazer um curso de *bridge* e outro de preparo de coquetéis exóticos. Uma moça de dentes de pérolas, sorriso fotografável, sobrancelhas pintadas e ambições internacionais. Uma dessas jovens que levam passaporte na bolsa e que adoram Pruuuuust. Ele também diria que adorava Pruuuust. Depois iriam fazer coisas feias dentro dum automóvel, dum bar ou dum reservado, com os requintes de Pruuuust.

Despedia-se de Rolando e Gianini, este já começando a ficar cansativo com suas exclamações, brados, abraços violentos, beliscões no rosto, peninsularmente exagerado em tudo, quando um quarto personagem ia passando e ficou.

– Conhece o Geraldo? – indagou Gianini. – Geraldo é o melhor homem do mundo.

– Não disse que sou eu o melhor do mundo? – protestou Otávio.

– Você, entre os boêmios, mas Geraldo é diferente. Trabalha a semana toda, até nos feriados, nunca tirou férias, tem quatro filhos, é pai e marido exemplar. Não é como nós, que não ligamos para nada. Leva a vida a sério. Nem cheira a álcool. Passa longe da cachaça. Minto, Geraldo?

Otávio examinou o novo personagem. Era magro, acanhado, tinha um sorriso tímido nos lábios e uma pasta debaixo do braço. Sua roupa era bem passadinha, limpa, mas de péssima categoria, comprada feita. Chefiava um pequeno escritório onde entrara como contínuo e aos poucos fora conquistando a confiança dos patrões – era o que Gianini contava. Além dos filhos e da esposa, sustentava a mãe e a sogra, paraplégicas ambas.

– É de homens assim que o Brasil precisa! – bradou Gianini apontando o peito de Geraldo com seu dedo gordo.

Rolando olhava-o com melancolia. Não via nele um freguês para o revólver. Mas faria sua tentativa no momento oportuno. Ah, precisava vendê-lo!

– O que você leva aí? – perguntou Gianini a Geraldo, que também carregava um pequeno embrulho.

– Leite Ninho.

– Leite Ninho! – exclamou Gianini, tomando-lhe a lata e erguendo como um troféu. – Feliz da criança que tem um pai como esse! Sempre o vejo levando leite para casa. Você leva leite para casa? – perguntou ferozmente a Rolando.

– Não tenho filhos. Isto é, acho.

Gianini não devolvia a lata ao já aflito pai dos quatro meninos.

– Mesmo se tivesse, não levaria. Conheço você. – Voltou-se para Otávio. – Conheço também você. Vá, Geraldo, vá. Leve o leite para as crianças, que devem estar esperando.

– O mais moço está com febre.

– Com febre, coitado... – lamentou Gianini com lágrimas nos olhos. Geraldo estendeu a mão e despediu-se de Otávio e de Rolando.

– Tome uma meia de seda com a gente.

– Não posso, Gianini.

– É cedo, pode, sim.

– Nunca bebo.

– Um quinado, garçom! Quinado só pode fazer bem. Você anda muito pálido, Geraldo!

– Tome – pediu Otávio. – Eu pago.

– Vê como ele é bom? – exclamou Gianini. – E como fica bonito de jaqueta? Esse é que goza a vida! Solteirão e cheio da nota! Tá?

Geraldo observava Otávio como se ele fosse um bicho raro. Não tirava os olhos do seu *smoking*. Nunca vestira um. Sempre invejara os que vestiam roupas de gala. Mas não podia queixar-se muito da vida; tinha os meninos.

– Bom o quinado? – perguntou-lhe Gianini afetuosamente.

– Bom, sim.

– Vamos tomar nova rodada. Garçom, sirva a gente! Seu destino é servir, pichinim.

Otávio olhava o relógio:

– Logo eu me despeço.

– O baile o espera, mas é feio chegar muito cedo. Como está belo, Provolone!

Rolando tinha uma pergunta importante a fazer a Geraldo:

– Onde o senhor mora?

– Jabaquara.

– Puxa, como é longe! É um lugar perigoso! Sou repórter policial e sei. Não faz muito tempo, um delinquente entrou numa casa e matou a família inteira. Depois estuprou os cadáveres das mulheres e crianças. Por que não compra um revólver?

Rolando puxou Geraldo para seu lado e ficou argumentando. Mostrou-lhe o revólver preso ao cinto. O outro ouvia-o com terror. Nunca lhe ocorrera que sua vida e a dos seus corresse tanto perigo. Queria detalhes do crime do Jabaquara. Viu-se caído e ensanguentado numa rua deserta do bairro, quando descia do ônibus.

Gianini envolveu com seu braço grosso os ombros mirrados de Geraldo:

– Pare com essa conversa, Rolando. Se falar mais um pouco, eu choro.

– O mundo é cheio de maldades – disse o repórter.

– O mundo é perverso – concordou Gianini.

Rolando mostrou o revólver todo, tirando-o do cinto. O resultado não foi bom: Geraldo recuou com a boca aberta.

– Não quero comprá-lo – disse.

– Você precisa defender seus filhos – insistia Rolando.

Geraldo se sentia como um pai desnaturado e tinha vergonha dos amigos, mas o revólver duro, reluzente, frio, com as balas mortíferas lá dentro e, sobretudo, caro, intranquilizava-o.

– Guarde isso – pediu Gianini, cobrindo a arma com a manopla.

Rolando obedeceu, à espera de nova oportunidade:

– Um revólver é útil numa família – considerou.

– Quem bebeu minha meia-de-seda? – protestou Gianini.

– Eu não fui.

– Não sei quem foi, mas beberam. Pichinim, mais uma meia--de-seda. Eh, Geraldinho, o quinado acabou. Vamos repetir a rodada. Você não, Provolone. Você vai dançar. Não pode fazer feio no salão. Pode?

Otávio concordou: não podia. Mas pediu outro *sour*.

– Aqui servem empadinhas? quis saber Rolando.

– As daqui fazem mal – advertiu Gianini. – O que ia bem agora era uma pizza no Papai. Álcool abre o apetite. O que me diz duma pizza, embaixador? Antes duns giros no salão até a madrugada?

– Fica tarde.

– A orquestra não começa sem você. Vamos à pizza?

Otávio também estava com fome. Rolando lambeu os beiços.

– O senhor vai? – Otávio perguntou a Geraldo.

– Não posso.

– Ele precisa levar o leite Ninho – explicou Gianini.

– Acompanho vocês até a porta. É no meu caminho.

– Pague a conta e vamos, Provolone.

III

Otávio, Gianini e Rolando juntaram duas mesas e pediram duas pizzas. Se no bar estava bom, ali era ainda melhor, com o cheiro de comida apimentada. Geraldo entrara, porém permanecia de pé. Tinha inveja daqueles homens que podiam chegar em casa quando bem entendessem. Desde que casara não entrara mais numa pizzaria. E o pior é que também estava com fome, com uma terrível fome, com uma incontrolável fome.

– Sente e coma – aconselhou Gianini.

– E o meu horário?

– Você não é trem, meu amigo. Que mal faz em chegar tarde?

– Há telefone por aqui?

– Mas claro que há! Avise sua cara-metade que vai demorar. Não é simples? – E voltando-se ao garçom: – Pichinim, vinho!

Quando Geraldo voltou, recordou os tempos de solteiro simbolizados em duas redondas pizzas napolitanas. Lá estavam também, já abertas, duas garrafas de vinho.

Sempre solícito, Gianini encheu-lhe o copo.

– Beba, Geraldinho. Não se preocupe com a conta. O Provolone, aqui, paga. Ele ganha muita nota com reclames. Diga um dos seus reclames – pediu a Otávio. – Sabia alguns de cor mas me esqueci.

Otávio, meio encabulado, recitou:

– Mil à vista e o resto a perder de vista.

O velhote bateu palmas:

– Não é um gênio?

– Muito bom – concordou Geraldo, tranquilo porque conversara com a "patroa" e porque não ia pagar a conta visivelmente gorda do restaurante. Experimentou o vinho com os lábios retraídos.

Gianini bebia sóbria e concentradamente. Olhava o fundo do copo como se quisesse ler através do vinho alguma mensagem sinistra. A primeira garrafa chegara ao fim e a segunda não prometia ter vida longa.

Com a boca cheia de *mozzarella*, Rolando falava nas qualidades do seu revólver alemão. As balas, frisava, varavam um poste. Fazia mau negócio em vendê-lo, péssimo negócio.

– Se estourar revolução, a gente vai precisar de armas – disse Gianini, profético. – Peguei no pau-furado em 24, 30 e 32. Não, em 32 não. Ou peguei? Não recordo.

– Em 32 você era cantor – lembrou Rolando. – Um grande cantor. Vi você no *Rigoletto*.

Gianini largou o copo, corado:

– Você me viu no *Rigoletto*? E na *Tosca*, viu? Não me viu na *Tosca*?

Rolando sacudiu a cabeça: a falha era irremediável. Como fazer recuar o tempo vinte ou trinta anos?

– A sua voz era um trovão! – lembrou o repórter, com os olhos na mesa. – Outros podiam ter mais escola. Mas você era um trovão.

Gianini repousou sua manopla no ombro do amigo, agradecido:

– Fosse eu moço... Uma vez cantei tão alto, que rompi as vidraças dum teatro. Foi em Curitiba ou Florianópolis. Não recordo. No dia seguinte, os jornais da terra não falavam outra coisa. Chamavam-me o Quebra-Vidros. Mas por que lembrar essas coisas? Mais um copo, Provolone?

Otávio matara a fome, mas a sede não.

– Bebo mais um copo e caio fora.

– Onde vai? – quis saber Gianini.

– Ao baile. Esqueceu?

– Você está belo, Provolone, com essa jaqueta! Você é moço, esbelto e talentoso! Bebo à sua saúde.

Os outros ergueram os copos no ar.

– Obrigado, Gianini, mas não sou esbelto. Peso sessenta quilos só. E começo a envelhecer.

– Que idade tem, Provolone?

Otávio saltou para trás, olhos arregalados, perplexo. Fitou um a um os companheiros.

– Que dia é hoje?

– Vinte e três.

– Março, 23?

– Exato, Provolone.

Otávio sorria, surpreso. Sorriso nervoso, infantil, idiota:

– À meia-noite, aniversario. Faço 37 anos. Como é que fui esquecer? Não me lembrava. Que miolo mole eu tenho! Não é o cúmulo? É ou não é?

Gianini deu-lhe um beijo molhado na face:

– Deus o abençoe, Provolone.

Rolando e Geraldo estenderam a mão sobre a mesa:

– Parabéns, Otávio.

O publicitário continuava atônito. Como esquecera o dia do próprio aniversário? Era demais, a prova de que o fosfato ia com os textos que redigia para os clientes milionários da sua agência.

Se continuasse a trabalhar tanto, envelheceria antes do tempo, ficaria débil mental, calvo e tísico.

– Quero lhe fazer um presente – disse Gianini, consultando a carteira de dinheiro. – A data não pode ficar assim.

– O que você quer?

– Uma champanhota.

– Obrigado, Gianini. Vamos à champanhota.

Gianini sacudiu a cabeça:

– A intenção foi boa, mas o dinheiro não dá. Pague você mesmo a champanhota, Provolone. Mande vir logo duas. Depois lhe devolvo a gaita. Confia em mim, amigão velho?

Vieram dois champanhas e quatro taças. Gianini fez questão de abrir um deles, no que não foi bem-sucedido. Mais da metade da garrafa desperdiçou-se em espuma sobre a mesa. A rolha voou longe. Ele, porém, não se afligiu.

– Isso dá sorte! – exclamou. Umedeceu o grosso dedo e passou-o na testa do aniversariante. – Você vai ter um bruto futuro, Provolone. Será um verdadeiro príncipe!

Otávio estava comovido, embora tivesse de pagar a conta:

– Você é um bom sujeito, Gianini!

– Você que é bom.

– Não, bom é você.

O champanha sobe como um foguete, ainda mais quando misturado com vinho, *sour* e meia-de-seda. Alguém é capaz de resistir à mistura por algum tempo, mas ninguém pode resistir por muito tempo. Os quatro amigos começaram a sua viagem, os líricos astronautas, os heróis do cosmos, milionários das horas de voo e de embriaguez.

– Quem vai fazer discurso? – indagou Rolando.

Geraldo tirou o corpo:

– Sou um fracasso pra discursos.

– Também eu.

Gianini suplicou ao aniversariante:

– Fale você. A gente ouve e aprende.

Segurando sua taça de champanha e observando que o velho-te fazia sinal ao garçom para trazer mais uma garrafa, Otávio começou o seu discurso longo, difuso e subordinado aos mais variados e imprevistos estados de espírito. Percebia-se o estreante da oratória, porém tinha a sua maneira própria, completamente indiferente e livre das escolas. Falava ora baixo, ora alto. Lançava indagações. Certos trechos eram cínicos, outros filosóficos, muitos deles banhados em melancolia. Notava-se o poeta e o metafísico, arriscava profecias, demorava-se em passagens instrutivas com a fisionomia dum mestre-escola.

Rolando e Geraldo ouviam-no, procurando acompanhar o fio do raciocínio, sem êxito, ao contrário de Gianini, que aprovava cada frase, meneando a cabeça. Aquela literatura lhe atingia o coração diretamente, dispensando baldeação no cérebro.

– Não é porque estou de *smoking* que sou um cara diferente dos outros – disse Otávio, demagógico. – Pus essa roupa aristocrática porque vou a um baile: aqui tenho o convite para mostrar. Sou igual a todos e quando bem moço fui garçom – revelou, amargo. Em seguida, falou ligeiramente dum tio que morrera num desastre de estrada de ferro e passou a elogiar o trabalho modesto, mas profícuo, dos carteiros. Tinha profunda admiração pelos carteiros (porque os homens que escrevem cartas ainda merecem confiança e respeito) e os carteiros sabem disso. Na faixa seguinte, fez uma colorida apologia do Uruguai. Com que entusiasmo falava do Uruguai! Os países sul-americanos, no seu entender, deviam dar-se as mãos e ter o Uruguai como exemplo.

– Sublime, Provolone! – louvou Gianini.

– Vou pagar essa despesa e todas as despesas, pois sempre pago quando estou entre amigos (foi a frase de maior sucesso do discurso). – Mas não queria falar de si mesmo exclusivamente. Traçou um perfil rápido do Mahatma Gandhi e outro, ainda mais rápido, de Clemente Ferreira. Lamentou que não tivesse participado da campanha da Itália. Se convocado, teria lutado com muito heroísmo, embora com certa discrição. Com muita esperança referiu-se ao cinema nacional e revelou, com tom confidencial e fraterno, planos duma viagem que pretendia fazer ao redor do mundo. Disse versos: uns de Manuel Bandeira, outros de Raul de Leoni ("Escarra nessa boca que te beija"). Não, era de Augusto dos Anjos, corrigiu em tempo. "Recife. Ponte Buarque de Macedo... Melancolia, estende-me a tua asa". Recitou outros versos, que mais tarde confessou serem seus.

Gianini interrompeu com palmas no justo momento em que o abordou um vendedor de bilhetes com sua carga de ilusões. O velhote explicou que Otávio aniversariava e democraticamente lhe ofereceu uma taça de champanha.

– Compre um bilhete – pediu o vendedor.

– Compro – respondeu Otávio.

– Tenho a vaca.

– Me dá vaca – ordenou o publicitário, apanhando o bilhete e apressando-se em pagá-lo.

– E se você ganhar? – aventou Rolando.

Otávio tomou um longo gole de champanha, que lhe escorreu pelo queixo:

– Se eu ganhar, não pensem que me transformarei em agiota. Prefiro virar o inseto de Kafka. Vou gastar o dinheiro em balões de assoprar, que distribuirei entre as crianças. Elas precisam saber muito cedo que há coisas que somem e que não voltam mais. É um triste, mas necessário ensinamento. Comprarei fotografias obscenas e mandarei pelo correio a todas as solteironas, solteirões e presidiários do país. Será um belo presente. E para os velhinhos comprarei exemplares velhos dos jornais para lerem as notícias de quando eram jovens.

Gianini estava encantado:

– Lindo, Provolone! Sublime!

Geraldo não aprovava:

– E o sentido? Não faz sentido.

O velhote, apesar da admiração que nutria por Geraldo, teve-lhe ódio:

– Oh, você não entende nada! É um burguês! Dá aqui esta lata de leite! – Tirou-lhe a lata, conservada entre suas mãos grossas, como se ela impedisse Geraldo de entender a linguagem romântica dos bêbados.

Otávio olhou para Gianini, agradecido:

– Bonito gesto, Gianini... O leite é uma mercadoria odiosa. É ele que faz as crianças crescerem, ficarem adultas e depois desiludidas e revoltadas. Comércio infame!

Geraldo arrebatou de Gianini a lata de leite:

– Vocês estão bêbados.

O velhote ficou profundamente ofendido:

– Ele disse que estamos bêbados! Sou capaz de beber um tonel, ouviu? Minto, Provolone?

Também ofendido, Otávio ameaçou terminar o discurso:

– Não direi mais nada – decidiu.

– Prossiga – pediu Gianini.

– Disseram que estou bêbado e me calo.

Os três, inclusive Rolando, voltaram-se contra Geraldo. Não se podia tachar de bebedeira certas evasões líricas, algum desprendimento da coerência do dia a dia e o premeditado surrealismo duma frase ou outra. Claro que estavam um tanto altos ou alegres, admitia Gianini contrariado, mas era uma boêmia sadia, uma festa entre amigos e a euforia dum aniversário. Mas Geraldo insistia, embora sem ênfase, que o comprido discurso de Otávio não tinha nexo. Estava ali a perder tempo quando podia estar em casa com os filhos (o mais novo tinha febre). No íntimo, todavia, adivinhavam os demais, ele antipatizava com Otávio e com seu *smoking* lustroso, invejava-lhe a roupa, a liberdade de quem vive só num hotel e gostaria de estar em seu lugar a caminho do baile.

– Você é um escravo da rotina! – bradava Gianini. – Por isso não entende certas coisas. O Provolone, aqui, se quiser, amanhã mesmo embarca para o Saara. Não pode embarcar para o Saara? – indagou.

– Posso.

– Viu? Pode. E você, com seus fedelhos, pode? Pergunto: pode?

Geraldo, de fato, não podia, mas também não entendia por que embarcar para o Saara. Irritado, começou a defender sua situação de homem casado e pai de filhos. Falou da satisfação que sentia ao voltar para casa. Os meninos o rodeavam e ele lhes dava balas. Uma vez por mês iam todos almoçar num restaurante.

– Você tem lá suas razões – concordou Rolando. – Por isso é que lhe disse que deve defender o seu lar. Compre o revólver e haverá mais tranquilidade em sua casa.

Otávio viu as horas. Quase dez, mas os bailes nunca começam na hora marcada. Não havia razão para pressa. Geraldo, porém, queria ir embora.

– Para mim, chega! – disse, pondo o copo com a boca voltada sobre a mesa. – Vou embora.

Gianini mandou o garçom trazer a conta e a entregou solícito a Otávio.

O aniversariante foi o primeiro a erguer-se e caminhou para perto dum espelho. Sua aparência continuava ótima. O gorducho Gianini, o amassado Rolando e o anêmico Geraldo também passaram diante do espelho, a caminho da porta:

Na rua, encheram os pulmões de ar. Gianini continuava feliz:

– Vejam quanta gente na rua! Por isso que amo esta cidade! Provolone, quando você morrer seus amigos exigirão dos vereadores uma rua com o seu nome.

– Quem sou eu? – recuou Otávio, modesto.

– Não só uma rua como também uma estátua. Você de *smoking* em cima dum cavalo. Embaixo, uma placa: "O Homem da Avenida". E talvez um dos seus *slogans* "mil à vista e o resto a perder de vista".

Geraldo parou:

– Aqui me despeço.

Gianini lhe estendeu a mão, mas não apertou a do outro.

– O que há lá embaixo? – perguntou. – Que estabelecimento é esse? Um subterrâneo! Deve haver múmias e vasos etruscos. O que é?

– É uma boatezinha – informou Rolando. – A Gruta. Já estive aí.

Gianini consultou Otávio numa olhada:

– Quer festejar mais um pouco o aniversário, Provolone?

Ele consultou o relógio:

– Só se for uma horinha... Conheço a boate.

– Uma horinha – garantiu Gianini.

Rolando topou, Geraldo não.

– Aposto que nunca entrou numa boate – disse-lhe Gianini. – Já que sua patroa lhe deu o alvará, por que não aproveita?

Argumento sensato. A Gruta era um buraco mal iluminado, cheirando fortemente a coisas velhas. A decoração, rústica. Os quatro se dirigiram a uma mesinha. Viram uma pequena pista vermelha ou iluminada por luzes vermelhas. Um balcão no fundo. Garçons folgados. Pouca frequência. Um conjunto musical com três instrumentos e uma gerente superbalzaquiana que sorria para todos os que entravam.

– Você, Lobo?

Otávio ergueu-se para beijar a mão perfumada e plissada da gerente.

– Antonieta, minha amigona.

Gianini viu a mesma mão diante dos olhos e beijou-a. Percebeu sem grande dificuldade que se tratava de mão feminina.

– Somos amigos do Otávio – disse. – Ele faz anos hoje.

Antonieta abraçou o aniversariante:

– Verdade?

– O que vamos beber? – Otávio quis saber. – Tomo uísque.

Geraldo não se lembrava de já ter tomado uísque. Quis um. Rolando declarou que não queria dar despesas, mas pediu outro. Gianini acompanhou os amigos. A gerente sentou-se com eles, com ar alegre, saudável, irmã mais velha, transviada, sim, mas cheia de excelentes justificativas.

– Nosso amigo aqui fez um bonito discurso – informou Gianini.

– Não acabou ainda – disse Geraldo.

– Por que não continua, Provolone?

Otávio, que começava a ser chamado Lobo, achou o local impróprio para discursos. O velhote não pensava assim: a coisa mais nobre da noite fora o discurso. O Lobo resistia, mas o segundo uísque lhe demoliu a resistência.

– Meus amigos, confesso que sou um materialista grosseiro – começou, sentado.

– Não – protestou Gianini. – Você não é grosseiro.

– Sou, sim, materialista grosseiro, marxista-leninista fanático. Estive com passagem comprada para Cuba, isto é, pensei em comprar a passagem. Mas numa coisa acredito, se acredito! Nessa coisa chamada destino, que nos reuniu aqui como os quatro cavaleiros do Apocalipse. – A comparação era forçada, mas prosseguiu: – No destino que armou esse festim para comemoração do meu aniversário. – Passando para uma fase mais dramática do discurso, disse: – Vou dizer um troço para vocês, que são meus amigos, que são meus irmãos: nunca passei um aniversário acompanhado.

– Você me corta o coração, Provolone.

– Muitas vezes comemorei a efeméride andando no meio da rua. Num ano, tomei um porre e um guarda me prendeu. Noutro, tomei uma droga para dormir e fiquei dia e noite na cama. Lembro-me de um em que perdi o emprego. De todos, foi este o mais... o mais...

– Fale, Provolone, fale.

– O mais agradável, suponho.

Uma lágrima brilhou nos olhos de Gianini. Rolando, no entanto, terrivelmente prático, avizinhou-se da gerente e foi dizendo:

– Suponho que costumam vir desordeiros aqui... Por que a senhora não compra um revólver?

– Temos um no caixa.

– Ah...

Otávio olhou o relógio:

– Passa das onze. Preciso ir ao baile.

– Vamos com você até o local disse Gianini. – Ficaremos na rua, vendo você dançar. Procure dançar perto das janelas, com uma moça bem bonita, e às vezes olhe para baixo, onde estaremos.

– Não sei se encontro moça disponível.

– Encontra, sim.

– Tomemos o último e vamos.

Ao contrário do que se podia esperar, Geraldo protestou:

– Não quero ir para casa.

Não era ainda uma resolução final, enérgica, heroica. Queria dizer simplesmente que era cedo para voltar para casa. A mãe cuidaria do menino com febre. Apanhou sua dose da última e triste rodada.

Gianini, sempre abraçado com Otávio, recordava coisas do passado:

– Eu podia ser outro hoje se não fosse um tal Vilaboim. Conheceu o *maledetto* Vilaboim?

Era o inimigo do Gianini, o homem que lhe atrapalhara a vida, lhe passara a perna, tentara arremessá-lo no abismo. Que ódio mortal sentia, na penumbra da boate, do Vilaboim! Oh, se pudesse estripá-lo!

– Que lhe fez o tal Vilaboim?

– Não me fale desse cão.

– Que lhe fez?
– Se eu pudesse matá-lo...
Rolando mexeu-se:
– Não tenho nada com isso, mas estou vendendo um revólver.
Gianini quis ver a arma.
– Não, não – implorou Otávio.
Soturnamente, Gianini pegou a arma fria e pesada e se pôs a examiná-la, com olhos de médico. Depois a aqueceu com as mãos enormes. Permaneceu minutos nessa posição dramática, cabeça baixa, ar concentrado, ódio, só ódio. Finalmente a devolveu ao repórter num gesto casual e lento.
– Continue o discurso – pediu.
– Não forma sentido – protestou Geraldo.
– Que entende você de filosofia, literatura e outras coisas complicadas? – revoltou-se o velhote. – Você só sabe fazer filhos, nada mais. Transferir responsabilidades para umas pobres criancinhas inocentes. Todos os pais do mundo deviam ser assassinados.
Geraldo procurou no escuro da boate a lata de leite, sua trincheira.
– Não entendo o que ele fala.
Antonieta juntou-se aos demais:
– Continue o discurso, Otávio.
– Não posso – respondeu. – Está tocando uma velha música. Me dá vontade de chorar – confessou, curvando a cabeça. – Que memória desgraçada têm esses músicos! Tocavam essa canção na noite em que vi a chinesinha de pulôver.
– Você está apaixonado? – perguntou a gerente.
– Por uma chinesinha – explicou Gianini, cortês. – Eu também admirei muito, no passado, a raça amarela. Não faltava à Festa do Caqui.
Otávio realmente tinha vontade de chorar.
– Mande parar essa música – implorou.
A gerente fez sinal a um dos músicos. Ele não entendeu e aproximou-se da mesa:
– O que querem ouvir?
– Tudo menos a música que acabou de tocar. Pelo amor de Deus!
Gianini forneceu os detalhes:

– Não leve a mal, mas o nosso amigo aqui é sentimental como todo mundo. O senhor tocou, aliás divinamente, uma música que lhe acordou velhas lembranças.

O músico prometeu só tocar músicas alegres e afastou-se.

– E o discurso? – exigiu Rolando.

Otávio olhou-o: Rolando estava tão amassado como uma bola de papel atirada a um canto dum escritório por uma secretária histérica e solteirona. Gianini, ainda mais gordo e desleixado. Geraldo se afundara na poltrona, ambientado.

– Anete vem hoje? – Otávio perguntou à gerente.

– Hoje, não.

– Está no apartamento?

– Com um caipira rico.

Otávio consultou o relógio:

– Se não fosse tão tarde...

Rolando interessou-se:

– Ia aonde?

– Num certo apartamento onde há algumas pequenas. Anete é a mais bonita. Parece francesa. Não é, mas parece. Há também a Magnólia, uma lourona bonita. Lá tem também a Celeste, moreninha miúda...

Geraldo dobrou-se sobre a mesa, as orelhas crescendo:

– Mais de dez anos que não vou num lugar desses.

– Você gostaria de conhecer as moças.

O bom pai, bom marido e bom funcionário olhou a lata de leite.

– Fica para outra vez.

Gianini era um escravo dos amigos:

– Vou onde vocês vão. Sigo os meus amigos como um cão. Vocês são tudo que tenho no mundo.

Geralmente os bailes se prolongam pela madrugada. Sobrava tempo para uma passada no apartamento de Anete. Otávio começava a sentir a sensação máxima da liberdade total. Ah, astronauta... Pediu a conta, pagou-a e saltou de pé. Aí notou que... não notou nada. Afinal, ninguém é de ferro.

A gerente os acompanhou até à porta:

– Voltem sempre. A casa é de vocês.

Gianini beijou-lhe ambas as mãos:

– A senhora é um anjo.

Já havia menos gente na rua, mas o velhote continuava a improvisar odes à cidade. Ia na frente do grupo, rolando como um tanque de guerra. Otávio seguia-o em longas passadas. Rolando, abraçado com Geraldo, tinha o revólver como assunto.

– Não é muito longe o apartamento – informou Otávio.

– Que importa, eu o sigo como um cão.

– Sabe que nunca ouvi você cantar? Como o chamavam?

– O Quebra-Vidros.

Gianini não se fez de rogado. Começou a cantar alto, altíssimo. Era um trecho da *Tosca*. As janelas dum apartamento se abriram e um palavrão atravessou a noite. Uns moleques que passavam num bonde bateram palmas. Com a voz mais grossa que um tronco de árvore, Gianini cantou uns oitocentos metros. No fim, ficou rubro, rouco e teve um acesso de tosse.

– Maldito fumo!

– Voz linda, Gianini. Não entendo por que o expulsaram do rádio.

– Ninguém me expulsou! – bradou Gianini. – Quis dar oportunidade aos novos.

Geraldo, que os alcançou, tinha uma reclamação:

– Não acorde os outros, Gianini. Puxa, como canta alto!

– Que você entende de música? Burguesote!

Gianini jurou que alcançava notas mais altas que as de Caruso. Mas não tivera sorte, até nisso o diabólico Vilaboim interferira.

Otávio olhou para o alto:

– Chegamos.

Geraldo se pôs a tremer. Faltava-lhe coragem para entrar num lugar daqueles. Foi preciso que Gianini e Otávio o empurrassem porta adentro. Entraram no elevador e, sem se importar com o silêncio do prédio, o Quebra-Vidros voltou a cantar. Pararam diante dum corredor escuro e dum botão de campainha.

O apartamento era pequeno, muito azul e abafado. Anete, Magnólia e Celeste fumavam e a dona do estabelecimento, dona Daly, fumava com piteira. Encontravam-se as quatro numa saleta entre almofadas, bibelôs e discos. De homem apenas um japonês que, à chegada dos visitantes, demonstrou desejo imediato de retirar-se.

– Você é agora porteiro de algum lugar de luxo?

– Vou a um baile.

– Fica bem de *smoking*, mas precisa acertar a gravata.

Gianini acusou logo uma sede imensa:

– O que há para beber?

– Cerveja.

– Serve.

Algumas garrafas de cerveja se materializaram sobre a mesa e foram distribuídos copos. Geraldo, para ganhar coragem, acabou logo com a metade duma garrafa. Rolando, por causa do seu traje, viu-se um tanto desprezado pelas fêmeas, mas Gianini rompeu qualquer inibição. Como era o mais velho, contentou-se em fazer a corte à dona da casa, a quem chamava de madame e dava insistentes beijos na nuca.

– Venha aqui, Anete – ordenou Otávio, fazendo a moça sentar-se sobre suas pernas. – Magnólia, tire a lata de leite das mãos do Geraldo. Isso me irrita.

Depois dos copos de cerveja, Geraldo pôde rir atrevidamente. O homenzinho parecia ter acabado de ler toda uma biblioteca de livros pornográficos. O seu riso era viscoso, o bote preparado, a alma cheia de fuligem. A maneira com que olhava para as moças chegava a ser indecente.

– Ele está mal-intencionado – observou Magnólia.

– É um excelente pai de família – informou Otávio. – Mas essa despesa eu não pago.

Geraldo consultou a carteira e começou uma ignominiosa e aviltante consulta sobre o preço da carne humana. Gianini, que era lírico e muitas vezes austero, condenou-o:

– Você não está num supermercado. Ponha duas notas de mil no bolsinho da senhora e não toque mais no assunto.

O bom chefe de família fez o que o companheiro mandou e acrescentou um sinal cafajeste para Magnólia. Ela, moça expedita e simplória, de cabelos e alma oxigenada, prática e esportiva, sorridente e responsável, fez-se conduzir pelo braço de Geraldo até seu quarto, onde havia mais bibelôs do que seres humanos em Mônaco. Ao entrar, disse ao freguês:

– Por favor, espere eu tirar a roupa.

Os outros ficaram atrás da porta e Gianini, que não se sabia se estava ébrio ou feliz, bradava:

– Foi-se o dinheiro do empório, Geraldo! Sua mulher e os meninos vão passar mal a semana. Seus amigos, aqui reunidos, aconselham-no a abandonar o comércio da carne e voltar aos programas de televisão.

Geraldo decerto não ouvia. Observava Magnólia, que tirava um gato preto do interior dum criado-mudo branco.

– Ele dorme aí? – indagou.

– Dorme, sim. Se sair do criado-mudo se perde.

– Gostaria de viver dentro do seu criado-mudo – balbuciou Geraldo.

– O quê?

Apenas Geraldo tinha um fim definido. Os outros queriam somente a companhia das moças e o gosto doméstico da cerveja. Rolando dançava com Celeste e perguntava se a casa já fora assaltada. Por que não compravam um revólver? Gianini andava pelo apartamento eufórico. Descobrira costeleta de porco na geladeira e comia, enlambuzando os dedos. Dona Daly a tudo suportava, pacífica.

– Nunca veio aqui uma chinesinha? – perguntou Otávio a Anete, ambos largados no extremo dum divã.

– Uma chinesinha?

– Usa um pulôver azul... Nunca veio aqui? Está certa?

Anete mastigava o canto dos lábios:

– Uma chinesinha? Acho que não.

– Procuro essa chinesinha pela cidade toda.

– Faz tempo?

– Dez anos.

Anete estranhou:

– Então não deve usar mais o pulôver azul...

– Não tenho lá uma grande imaginação e só sei vê-la com o pulôver azul e algo na cabeça, uma espécie de pompom, saltando dum lado e de outro.

Escravo das alterações temperamentais, Gianini clamava de ódio:

– Oh, Vilaboim! Se não fosse o maldito Vilaboim, eu seria seu amigo para todas as horas, Provolone.

– Afinal, o que ele lhe fez?

– Você ainda me pergunta o que ele me fez...

Rolando voltou da cozinha informando que não havia mais cerveja.

– Gostam de rum com Coca-Cola? – perguntou dona Daly.

– De rum sim, de Coca-Cola não.

– Então beba-o puro, Otávio.

A própria dona Daly serviu os amigos e gentilmente levou um copo para Geraldo.

Gianini estalou os lábios:

– Refrescante!

– Isso sobe – advertiu Rolando.

– Não sobe, isto é, acho que não...

Uma hora depois Geraldo saiu do quarto. Estava pálido, mas vitorioso. Trazia o copo vazio na mão. Quis mais uma dose de rum. Magnólia olhava-o admirada. Perguntou:

– Ele esteve preso, esteve?

Otávio saltou de pé:

– O baile!

A única dificuldade foi tirar Geraldo do apartamento. Não queria sair. Recusava-se a sair. Gastara dinheiro, mas tinha capacidade de ganhar. Não tinha? Tinha.

Na rua, os quatro foram caminhando juntos. Mas era o fortíssimo Gianini que os arrastava. Velho campeão de bocha, tinha músculos de ferro. Para demonstrar que bebera sem perder a memória, perguntou a Geraldo:

– O que esqueceu no apartamento das senhoras?

– Meu Deus, o leite!

– Calma, está comigo – declarou, entregando-lhe a lata.

Geraldo atirou-se nos braços de Gianini, grato.

– Onde é o tal de baile? – quis saber o repórter.

– Preciso apanhar um táxi.

– Vamos pôr você num carro – decidiu Gianini.

Ficaram numa esquina à espera de táxi. Estava frio, terrivelmente frio. O diabo do carro não vinha. Otávio estava impaciente e feroz.

– O que é aquilo? – perguntou Gianini. – Um restaurante?

– O Volga, um restaurante russo – informou Rolando.

– Conhece restaurantes russos, Provolone?

Geraldo tomou a iniciativa: queria espiar. Fora tomado duma insaciável curiosidade pelas coisas do mundo. Ao abrir a porta, notou que os amigos o seguiram. Ah, já constituíam um grupo ou uma gangue, como se diz hoje. Laços muito finos e invisíveis, mas fortes, os uniam através da noite esponjosa. Um só coração, um cérebro só e uma só garganta sedenta!

Deram com um amplo salão preenchido de mesinhas, quase todas ocupadas. A frequência, estrangeira. Uma orquestra típica, num pequeno palco, executava músicas antigas de todas as terras. Uma jovem vestida a caráter dançava.

– Vamos sentar um pouco – sugeriu Gianini.

Um garçom, vestido de russo, mas com sotaque nordestino, perguntou-lhes, quando sentavam:

– Conhecem o coquetel Rasputin?

Devia ser um emissário do Diabo. O tal coquetel era pequeno e verde. Cheirava a desinfetante. Os quatro homens ergueram os quatro cálices até os lábios e daí por diante entraram num mundo com muita luz e ao mesmo tempo com borrões grossos, sons surdos e longos, onde o tato não funcionava perfeitamente, o que fazia caírem com frequência objetos como isqueiros, caixas de fósforos, cinzeiros, cigarros, copos, guardanapos e outros. Era sobretudo um mundo feito de palavras, umas proferidas, outras engavetadas dentro do cérebro, mas todas cheias de emoção e de sinceridade. Para vivê-lo mais profundamente, repetiram a rodada e em menos duma hora já haviam tomado cada um quatro doses de Rasputin, sem que um só deles se desse por satisfeito. Com os cotovelos fincados na mesa, falavam da vida. Otávio afirmava que o *smoking* significava um novo período em sua existência, muito mais próspero, no qual compraria um apartamento na avenida Higienópolis. Gianini confessava ter resolvido dedicar o resto da vida à vindita: mataria o Vilaboim. Geraldo, o mais queixoso, revelava sua intenção de trabalhar à noite, nos sábados, domingos e feriados para sustentar Magnólia. Se sua esposa morresse, casaria com ela. Rolando, o mais modesto, só queria vender o revólver.

A certa altura, Otávio pediu a Gianini para cantar. Gianini se ergueu cambaleante, empurrou o maestro da orquestra e rompeu um trecho de ópera com tanta potência na voz, que o porteiro da casa entrou precipitadamente supondo que algo tivesse sucedido. Uns dez minutos depois, o proprietário, um russo baixinho e idoso, conduziu Gianini até a mesa e mandou servir a todos uma rodada grátis.

– Gostaram? – perguntou Gianini.

– Gostamos, mas supomos que você mais uma vez não foi muito compreendido.

– Já ouviram voz mais alta que a minha?

– Não.

Ao começar a nova dose, Otávio teve uma crise profunda de depressão. Os outros, preocupados, quiseram saber se o álcool lhe estava fazendo mal.

– Que adianta? – gemeu Otávio. – Que adianta estar aqui comemorando, se perdi a chinesinha.

– Você a encontra – consolou-o Gianini.

– Passou muito tempo.

– Você pode encontrar outra e dizer a si mesmo que é aquela. O pulôver e o pompom você compra ou seus amigos compram e lhe dão de presente. Podíamos fazer isso já?

– Não seria a mesma coisa...

– Como não? Exatamente a mesma coisa.

Otávio refletia:

– Feito! Agora é só casar. Você, Gianini, será meu padrinho e entrará na igreja com a chinesinha.

Gianini baixou a cabeça, trágico:

– Se não estiver na penitenciária... O Vilaboim não me escapa.

Foi Geraldo quem teve a ideia de tirar uma velha senhora para dançar. Nunca dançara na vida, mas não era um fracasso total. Gianini louvou o gesto democrático. Afinal, estavam ali para se divertir. Ou não? Levantou-se e puxou uma senhora casada cujo marido se erguera para ir ao mictório. Um enorme garçom, vendo que a mulher dançava constrangida e amedrontada, interrompeu a dança e permitiu que ela voltasse a seu lugar. Gianini, sem se aborrecer, saiu dançando com o garçom. Agora Geraldo dançava com uma negra velha que entrara no restaurante para vender flores. O garçom não lograva desembaraçar-se de Gianini. Rolando subiu em cima da mesa e começou a sapatear, todo ele mais amassado do que nunca. Otávio dirigiu-se à orquestra, tirou a batuta do maestro e se pôs a regê-la com gestos exagerados.

O que os senhores estão fazendo? – indagava o gerente, correndo ora atrás de um, ora atrás de outro.

Mas não lhe davam ouvidos. Rolando a sapatear, Gianini e Geraldo a dançar e Otávio a reger a orquestra. Incapaz de acalmá-los, o gerente pediu o auxílio de alguns garçons.

– Os senhores devem se retirar!

Gianini tentou deter a turba:

– Não somos desordeiros, apenas estamos comemorando um aniversário!

– Tire aquele homem da orquestra e aquele de cima da mesa.

Rolando desceu da mesa e começou a andar de gatinhas, dando susto e provocando gritos nas mulheres. Uma delas deu uma joelhada em seu nariz, que sangrou.

– Estamos sendo expulsos! – bradou Gianini a Otávio.

O aniversariante, com uma leve noção do que acontecia, apanhou uma balalaica e se dirigiu triunfante para a porta. Ah, uma balalaica! Jamais pensara ter aquela maravilha nas mãos! Que troféu magnífico para um marxista-leninista.

– Eh, largue essa balalaica!

Otávio alcançava a porta. Um dos garçons tentou detê-lo, mas recebeu a balalaica na cabeça. O aniversariante, enfurecido, não permitia que lhe tirassem o instrumento. Viajando debaixo das mesas, Rolando chegou perto da porta. Gianini beijava o proprietário, tentando acalmá-lo. Geraldo topou com um marido ciumento e levou tremendo tabefe na cara. Mas ele não se importou: correu à mesa e apanhou a lata de leite Ninho.

– Batamos em retirada – aconselhou Gianini.

Quatro fregueses investiram contra Geraldo e Otávio, enquanto o dono da casa bradava:

– Tirem a balalaica desse aí!

Geraldo foi arremessado ao chão. Alguém jogou algum líquido no rosto de Gianini. Otávio via-se assaltado por dois robustos sujeitos que lhe queriam tirar o instrumento-símbolo. Ele se defendia com uma coragem que dava orgulho aos amigos.

Nos momentos amargos e perigosos é que se provam as amizades. O grupo resistia ao primeiro impacto, sofria unido a primeira adversidade, fortalecia-se na batalha. Uma gangue verdadeira, muito fraternal e brincalhona. Eram como D'Artagnan e seus amigos; Gianini apenas um pouco baixo para ser comparado a Porthos; o puro Geraldo, uma espécie de Aramis; Rolando era Athos, não tinha nada em comum com Athos, mas era Athos; e Otávio, D'Artagnan. Como eram emocionantes na briga! Gianini ameaçava arremessar uma cadeira. Um vaso muito bizantino fragmentava-se no chão. Os amigos do peito lutavam, mas a vitória ainda não estava garantida. Aqueles burgueses se organizavam para novos arremessos.

Rolando teve uma ideia-mãe. Puxou o revólver do bolso:

– Eu atiro! Pertencemos ao terrível bando dos Bacanaços da Noite! Estupramos donzelas e roubamos cigarros americanos. Ah! Ah! Ah!

Gianini ainda procurava conciliação!

– Somos do Centro XI de Agosto, entendam!

– Na sua idade, velhote?

Rolando deu um salto para a frente e começou a agitar o revólver no ar:

Malditos russos-brancos!

Uma senhora desmaiou e foi logo cercada.

– Ninguém me tira isso da mão! – berrava Otávio.

Rolando garantia a retirada:

– Caiam fora, eu aguento a turma.

Saíram para a rua, Otávio com a balalaica. Desceram a rua correndo, ou procurando correr. Chegaram à esquina inteiramente sem fôlego, mas os aguardavam novas complicações. Um guarda-civil se aproximou deles:

– Que houve aqui? – perguntou.

Gianini bateu-lhe no peito com o nó dos dedos:

– Viu por acaso uma chinesinha de pulôver azul?

O guarda não gostou da pilhéria:

– Não vi ninguém.

– Tem na cabeça uma boina com pompom ou coisa assim – ajuntou Otávio.

– O que o senhor faz com esse cavaquinho?

– Não é cavaquinho, é uma balalaica.

– Onde arranjou?

– Pedimos emprestado a um príncipe russo matar Rasputin e escondê-lo numa cratera de gelo no pátio dum grande palácio em Moscou.

O guarda-civil olhava um a um, desconfiado.

– E essa tal chinesinha?

– Não existe – confidenciou Rolando.

– E como querem que eu a procure?

– Ah, o senhor só procura pessoas que existem? – espantou-se Otávio. – E as que existem mas se foram, envoltas nas névoas do passado? Seu próprio ordenado não é uma coisa para o passado, para pagar despesas do passado?

O guarda-civil perdia a calma e com razão:

– O que os senhores fazem?

Otávio cuidou das apresentações:

– Eu sou publicitário. O senhor deve conhecer uma das minhas campanhas: "Mil à vista e o resto a perder de vista". Fiz mais pela inflação do que qualquer pessoa. Este senhor gordo é um excelente cantor, prejudicado embora por um tal Vilaboim. Geraldo é um bom chefe de família e leva uma lata de leite Ninho na mão como um atestado de boa conduta. E Rolando é um dos baluartes da nossa imprensa marrom. Escreve matéria-prima de samba na última página dum jornal.

O guarda-civil deu-lhes um conselho:

– Vão para casa.

Os quatro, um abraçado no outro, seguiram aparentemente o conselho dado pelo representante da lei. Ao virarem a esquina, deu a louca no Otávio, que começou a correr e desapareceu na rua. Só foram encontrá-lo muito distante, sentado na guia da calçada e choramingando:

– "Quero-a pura ou degradada até a última baixeza" – recitava.

– Por que você correu? – perguntou Gianini.

– Tive uma visão... Vi a chinesinha.

– A chinesinha, você disse?

Otávio balançou a cabeça. Os amigos o ergueram. Foram andando a gozar a fresca da noite. Gianini urinou numa árvore. Geraldo, num poste. Este estava muito feliz e confidenciou ao amigo com uma satisfação absurda:

– Nada nos detém, não é?

– O quê?

– Primeiro a briga, depois o guarda... Venha quem vier.

Gianini não entendeu o que o outro queria dizer, mas adivinhou que era algo glorioso.

Andava no meio da rua, molemente. Três não sabiam para onde se dirigiam. Otávio, sim. Meia hora depois pararam diante dum edifício recortado de janelas fechadas.

Otávio viu um porteiro que deixava o prédio:

– Aqui está o convite. Trouxe esta balalaica cheia de ritmos bárbaros e orientais.

O porteiro sorriu:

– O baile acabou.

– Como?

– Às quatro.

– E que horas são, animal?

– Quase cinco.

Otávio olhou para o *smoking* e começou a sorrir e depois a gargalhar histericamente. Caiu sobre os amigos que o envolveram com seus braços. Ele abandonava o corpo e não parava de rir.

– Cheguei tarde – disse.

Os outros ficaram deprimidos:

– E você, que mandou cortar o *smoking*!

– A noite nos tragou – reconheceu Otávio.

– A noite engole os boêmios. Abocanha gente e estrelas...

– Mas você tem a sua balalaica.

Foram andando, abatidos. Pararam num bar de esquina para tomar café. Havia um cheiro gostoso de café no bar sujo. A noite já não estava tão negra e logo os operários a estragariam com sua correria e seus problemas pequenos. Encostaram-se no balcão. Otávio, muito tonto, com vários gostos esquisitos na boca. Diante deles um espelho com letras coloridas.

Otávio não via a gravatinha. Tudo que via, disforme, como se estivesse dentro dum copo d'água. Para manter-se desperto, prendia-se a palavras. Inventara um jogo. Amparou-se, cauteloso, na palavra "cigarro". Mas ela se rasgou, escorregou-lhe das mãos. A "colibri" desfez-se em plumas. Lembrou-se, inteligente, duma composta: *black-board*, feita de aço estrangeiro. Agarrou-se ao traço de união com tanto peso e insensatez, que as palavras se dobraram. No canto do bar caíam as palavras já usadas e inúteis. Um gato fosforescente se aninhava sobre elas. Com medo de que o traço de união se rompesse, segurou com a mão direita a palavra *black* e com a esquerda a palavra *board*. Fazia exercício muscular, muito saudável, na barra dessas palavras, que eram dum metal duro, porém flexível.

– Tome o café, Provolone.

Otávio largou a xícara sobre o balcão. Só numa segunda tentativa umedeceu os lábios. Geraldo nem isso conseguia fazer. Rolando estava amassado sobre o balcão. Gianini, engraçado, ficara menor e mais gordo.

– *Black-board* – disse Otávio.

– Quê?

– *Black... board...*

– Ah! – exclamou surdamente Gianini como se tivesse penetrado em seu mundo interior.

Otávio passou os dedos nas cordas da balalaica e sorriu ao ouvir o som. Voltou, porém, a equilibrar-se nas palavras. A *black* já estava torta, mas ainda servia. É que ele aprendera o exercício.

– *Board*...

Gianini quase encostava o ouvido à sua boca para ouvi-lo. Ronaldo olhou o relógio do bar. Geraldo bocejou.

– Tem mictório aqui? – perguntou Gianini ao moço do café.

– Lá embaixo.

– Obrigado.

Em fila indiana, os quatro atravessaram o bar e começaram a descer uma escada estreita e escura de cimento. O cheiro de urina era de arder as narinas. O mictório escuro e pequeno parecia um túmulo no ventre duma pirâmide.

Lá fora o dia nascia; prometia ser ensolarado, quente, mas duma quentura agradável. Não haveria muitas nuvens; as crianças teriam disposição para brincar. Alguns empregados teriam coragem para pedir aumento de salário. As mulheres aproveitariam o dia para a limpeza de casa e as prostitutas desceriam até a avenida nos seus vestidos leves e estampados. Quando se dirigiram ao mictório, no bar ficou apenas o moço do café. Só a imaginação mórbida de Geraldo falaria mais tarde que viu a morte entrar no bar e pedir um café.

O escorregão de Rolando foi simultâneo com o tiro do revólver. A arma não era boa: ao bater no chão, disparou e saltou os degraus. Otávio, com seu *smoking* que parecia ter mil anos, ia começar a urinar quando a bala o atingiu. Os amigos, aterrorizados e acordando, viram-no cair no cimento molhado do mictório. Ficou ali, embebido em urina, como uma mancha preta, de contornos imprecisos, tendo ao lado a balalaica e o revólver.

– Meus Deus! – exclamou Rolando.

Gianini abriu uns olhos enormes e curvou-se sobre o corpo:

– Acertou a cabeça...

Rolando urrava e Geraldo estava petrificado.

– Que vamos fazer?

Gianini pensou rápido:

– Deixe o revólver aí, ninguém sabe que ele é seu, não é? Você não o comprou, certo?

Rolando entendia:

– Vão pensar que a arma estava com ele.

– Assim não envolvem a gente – disse Gianini, o mais lúcido de todos. – Vamos subir.

O moço do café surgiu no alto da escadaria.

– Que foi?

– Uma ambulância – ordenou Gianini. – Um homem escorregou e disparou a arma dele... Levava um revólver no bolso...

O garçom saiu correndo para a rua. O bar não possuía telefone.

– Vamos ser presos... – disse Geraldo. – Vão nos interrogar... Minha mulher morrerá de susto.

Gianini foi até a porta:

– É só ir embora... Se nos perguntarem, diremos que não o conhecíamos. Entrou no bar conosco por acaso. Senão, a balalaica nos complica.

Silenciosamente, caminharam até a esquina, com a impressão de que os perseguiam. Viraram as esquinas, nervosos. Vinha um bonde vazio e Gianini agilmente saltou nele, acompanhado dos dois, não menos ágeis. Gostavam de Otávio, mas que adiantaria ficar lá, ter de ir à polícia, dizer de quem era o revólver e explicar o furto da balalaica?

Já no bonde, Geraldo perguntou:

– Acha que morreu?

– Creio que sim.

– Foi na cabeça?

– Foi.

O cobrador, no estribo, estendeu a mão. Gianini pagou as passagens.

– Se não fosse esse fim, a noite teria sido grande.

– Por que será que ele roubou a balalaica? – perguntou Geraldo, pálido, mas livre da embriaguez.

Gianini sacudiu os ombros:

– Capricho.

– Sempre roubava coisas?

– Acho que não, claro que não.

Felizmente o bonde moroso e barulhento se afastava do bar trágico. Gente despreocupada e simples ia entrando.

Depois da primeira parada, Gianini lembrou-se de algo e cutucou Geraldo:

– Esqueceu a lata?

– Que lata?

– De leite.

– Está aqui – disse Geraldo, mostrando-a.

– Bem.

Mustang cor de sangue

Mesmo que eu, esse cara que vocês estão vendo, viva até enjoar, mil anos, podre de rico, ou como estou me virando agora, na base da mordida, cercado de Pats Alvarados ou na fossa total, matando cachorro a grito, até o fim, qualquer fim, não se apagará de minha cabeça aquele maldito Mustang cor de sangue. O meu tempo parou lá, brecou nas rodas do carrão, rangendo na terra fofa.

Ao sairmos, às duas da madrugada, favorecidos pela neblina paulistana, eu e Pat vimos o carango pela última vez, sob as árvores esmaecidas e gotejantes do parque de Liliput. Mas não avaliava na pressa que tudo perdia; eram apenas impressões e pavor que eu telegrafava a Pat, apertando-lhe a mão suave a curtos intervalos. Acreditava que o fato, digamos assim, por enquanto, o fato, com toda a sua carga elétrica, servisse para nos soldar, mão com mão e tudo mais, na defesa do mesmo segredo. Estava bêbado, gamado e com um tremendo grilo na cuca.

Uma vez começado, vamos em frente, recuando a uma época cheia de pessoas folgadas, sorridentes, que registravam ao me reconhecer: "lá vai o afortunado secretário do anão Jujuba". Não era nenhum elogio, mas a ironia perversa dos que viam em mim um reles explorador do nanico. Nada mais injusto. Está aqui, amigo, o verdadeiro explorado, o pobre moço com ambições literárias que o Jujuba espremia, vivendo do meu talento, das minhas ideias. Desculpe-me se destruo um mito. Aliás, eu já fazia isso, pichava-o sempre, divulgando suas farras e comentando com todos o grande unha de fome que ele era. Besteira, nem chegava a arranhar-lhe a glória, obstado pelos costumeiros defensores dos poderosos, que rebatiam assim: "Eh, escriba, quem era você antes do Jujuba? Quanto faturava traduzindo livrecos policiais? Hoje você é alguém, ingrato. Veste-se na moda, toma JB, mora no Castelinho e dirige o Mustang".

A bem da verdade, dirigi uma só vez, mas era onde pretendia chegar. Se me deitar agora, com os olhos cerrados, no divã de um psicanalista, e ele me perguntar o que vejo, responderei prontamente: "Um Mustang, doutor. Um vistoso carro esporte, com uma colorida decalcomania no para-brisa; é a cara engraçada do famoso anão Jujuba de quem seus filhos certamente recordam saudosos".

Aquele sábado, de um calor ardido, o Jujuba surgiu à minha frente, no Castelinho, vestindo um dos seus muitos trajes extravagantes e fumando cigarrilhas. O sol matinal, jorrando, dava-lhe o brilho e fixidez de um *display*, um ser feito de cartolina plastificada, de imediata sedução, para o público infantojuvenil.

– Vamos dar um giro, escriba.

O astro naturalmente tinha motorista, o Yoshi, mas um nipônico não satisfaz como testemunha ocular. Queria alguém menos impessoal, menos terceira pessoa, com a fraqueza ocidental da inveja e olhos bem redondos pra ver. Eu era a pessoa indicada: além de redator de seu infame programa de TV, estava encarregado da promoção do herói.

– Ia telefonar para consertarem a escada da piscina – parece que eu disse. – Ela está quebrada, patrãozinho.

Jujuba encaminhou-se para a garagem acompanhado por Marco e Polo, seus galgos, e contemplou com revoltante vaidade os cinco automóveis, entre eles a nova aquisição.

– Hoje vamos de Mustang cor de sangue – esclareceu com sua vozinha de disco experimental de acetato. – E com o corpinho empinado, passos ligeiros, como se andasse nas pontas dos pés, abriu a porta do carango e fez sinal para que me sentasse à direção.

O cheiro cru do "zero-quilômetro" me alertou para o cuidado que ele merecia. Motorista sem cancha, eu me sentia mais à vontade pilotando o velho Itamarati, já muito trombado.

– Onde vamos, chefinho?

– Buscar Patrícia.

– Que Patrícia? – encenei, com cara de pau.

– Só conheço uma, escriba.

Agora voltemos por bossa à pergunta não respondida. "Eh, escriba, quem era você antes do Jujuba?" Se por acaso compartilham dessa acusação, observem que não me embaraço. Quem era eu? O *one-man show* de uma quitinete. Não é muito difícil explicar, tetrarcas. Como centenas de habitantes de uma grande colmeia, e devido à escassa alimentação ou ao excesso de álcool, sofria do que chamava "pressão arquitetônica". Meu espaço era de quatro por quatro, milhões de vezes percorrido por um moço que segurava um copo de gim. Como *one-man show* oferecia espetáculos, inclusive de *strip-tease*, com a janela aberta para atrair as fêmeas dos apartamentos fronteiros. Se alguma prostituta da Boca me visitasse, então fazia um número de hipnose na esperança romântica de não pagar o michê. Fui equilibrista, embriagado, no peitoril da janela com sessão ao ar livre, e até saí nos jornais com bastante destaque. A quitinete era meu palco e cárcere. Para viver, traduzia os romances policiais de Max Pylon, *Série Vermelha*, autor de muito trânsito nos trens suburbanos de Nova York. Comecei com o *Clube dos gatos pretos* e após vinte e cinco traduções concluí a lista vertendo para o nosso idioma *Morte na piscina*, a história de um garoto herdeiro de milhões, que se afoga em sua piscina domiciliar parcialmente esvaziada por mãos criminosas. Assim vivia, alimentando-me com sanduíches de mortadela e preocupado com problemas culturais, quando tocaram a campainha de meu cubículo e rente ao chão descobri o Jujuba, ex-morador do edifício, antes de saltar com incrível precisão do picadeiro de um circo para o vídeo. Como andasse à procura de um redator para seu programa, comprou-me roupas na Augusta e instalou-me no Castelinho, sua mansão, pois comumente acordava de madrugada com suas cretinas ideias na cabeça.

– Cuidado com o ônibus, imbecil!

Por um triz não arrebento o precioso carango. Algo fervia dentro de mim, espécie de medo e profecia, ou era o animal enjaulado na quitinete que urrava.

– Vá parando naquele prédio.

Encostei o carango rezando para que Patrícia dos meus amores desse o bolo no chefinho. Não me parecia justo, entre outras coisas, que um homem de noventa e cinco centímetros (cálculo bastante preciso que eu fizera na véspera) tivesse direito a tantos prazeres.

– Espere um pouco, escriba. Vou ver se Pat está pronta.

O reduzido saiu do carrão com seus ares importantes. Na intimidade não era o anãozinho da Branca de Neve que as crianças e mamãe adoravam. O sorriso do rótulo dos Biscoitos Mirim mentia. Queria que os pais da garotada vissem o ídolo de seus filhos, intoxicado, a filmar com requintes técnicos, meia dúzia de putinhas nadando nuas em sua piscina. Nada exemplar, não? No entanto, Jujuba já fora convidado a visitar o palácio do governo e tinha pilhas de fotos tiradas ao lado de padres, freiras e até do arcebispo.

– Patrícia... – murmurei.

Lá estava minha tara, minha gama, trazida pela mãozinha do anão, como uma égua de Grande Prêmio, desempenada, solta, toda verde em seu ostensivo cânter.

– Este é um dos meus auxiliares – disse o monstro sagrado abrindo a porta do carrão para a entrada triunfal da ninfa. – Um rapaz de futuro que venho ajudando.

O Mustang tomara um banho de perfume. A cheirosa vedete, verde como a clorofila, anúncio de dentifrício, era uma tonelada de rosas matinais que o carango transportava. Ela falou e, quando falava, aquele cheiro verde soprava em ondas sobre minha cabeça, como se tivessem instalado no banco traseiro um enorme ventilador. Numa curva inábil descobri a utilidade do espelho, cheio de reflexos solares, e fixei os olhos nela vendo a cabeleira de Pat Alvarado teimosamente percorrida pelo vento.

– Por que recusou os convites anteriores? – perguntou o micrômegas, fazendo charminho.

– Por causa de sua fama, Jujuba. Todos dizem que você é um lobo.

O monstro sagrado pegou-lhe a mão e beijou.

– Sou uma pessoa como outra qualquer. Acha que as crianças (disse os petizes) gostariam de um lobo?

"Ainda tem lugar na primeira fila?" O bilheteiro sempre se ria porque era a fila do gargarejo, a dos tarados e míopes. Na minha carteira, o dinheiro da editora – um pouco do sangue de Max Pylon – que me proporcionava duas horas da mais completa excitação sexual. Quando as cortinas se abriam, *Mr.* Hide começava a aplaudir com suas mãos peludas, mãos de macaco, enquanto seus cabelos cresciam a ponto de prejudicar a visão dos que se sentavam nas filas B, C e D. Meus lábios ficavam úmidos e minha língua não tinha parada. Os espectadores, à minha direita e esquerda, olhavam-me receosos de que eu saltasse no palco para devorar a querida estrelinha com os paetês e tudo. Com um espelhinho de bolso, às vezes examinava a monstruosa fisionomia: olhos inflamados, narinas dilatadas, queixo pontiagudo e a barba crescendo. As pilhérias grosseiras do palco, os porcos trocadilhos, as baboseiras todas não me faziam rir. O que me interessava era ver a minha vedete-mor, anunciada pelos acordes duma orquestra mambembe. Lá estava quase nua sob um *spotlight,* com muita carne, muita curva, um arzinho de dona do mundo, remexendo-se, passeando na boca do palco, quase ao alcance das mãos peludas de *Mr.* Hide ou virando-se para uma série de luxuriantes requebros.

Eu já vira muitas vedetes fazerem tudo aquilo, mas eram na maioria coroas, cheias de celulite, molengas, cansadas, artificiais, desgraciosas, já com o saco cheio de tanto rebolado. Patrícia era novinha, acho que uns vinte anos, toda durinha, inteiriça, com as carnes no lugar, sem marcas ou manchas no corpo, tremendamente narcisista, interessada em apagar as coleguinhas, em constante movimento, inclusive com a boca, abrindo-a e fechando-a, mostrando dentes lustrosos, com aquela alegria juvenil, cheia de braços e de pernas, nas posições mais inesperadas, e ao mesmo tempo cantando e dizendo asneiras, pondo em curso uma voz rouquinha, acariocada, praiana, desinibida e livre. No final da sessão, *Mr.* Hide, ainda peludão, plantava-se à saída dos artistas, com a mão no bolso, à espera de que a senhorita Alvarado aparecesse. Nunca saía sozinha, geralmente em grupo ou acompanhada por algum tipo endinheirado que lhe pagaria seu justo valor.

– Algum dia vou vê-la trabalhar – prometeu o anão.

– Não vá – pediu-lhe a vedete-clorofila. – Aquilo é uma merda, desculpe. Estou farta do rebolado. Acho que posso fazer coisa melhor. Há tanta mixuruca no cinema e na televisão! Gente que nem sabe abrir a boca!

O pequerrucho concordava e entrava em ação com as mãos. Ouvia o ruído dos seus dedinhos amarfanhando o vestido de Pat.

Aquilo era horrível, doía, os tímpanos estouravam, os olhos estufavam e enxergavam menos, dificultando a tarefa de pilotar o Mustang. Creio que vocês já entenderam por que odeio tanto esse carro, sempre viajando de volta no tempo, numa ré de pesadelo, repetindo todas as ruas, avenidas e praças daquele maldito dia.

– Vamos comer alguma coisa, boneca. Aquele restaurante é muito bacana.

Mal púnhamos os pés fora do carro, Jujuba já era reconhecido e vinha a cansativa sessão dos autógrafos. Crianças que surgiam não sei de onde. Apareciam às dezenas, suplicantes, querendo tocar o charmoso anão com suas mãos lambuzadas e beijá-lo, acariciá-lo, com um fanatismo que me irritava. Um tanto afastado, eu fixava-me nos olhos azuis da deusa, ela também envolvida pelo espetáculo e orgulhosa de sua famosa companhia. Isso aconteceu inúmeras vezes naquele dia, injetando autoconfiança no reduzido, que mesmo distante das câmaras precisava do apoio de seus fãs. Autografando cadernos, blusinhas, blocos, livros de nota e até a própria pele das crianças, recebendo sorrisos e cumprimentos das mamães, e dos papais, ele ia habilmente se afastando de todos para ficar a sós com a Alvarado e seu atencioso secretário.

– Os diabinhos não me dão sossego, Pat – desculpava-se o monstro sagrado. – Por isso nem adianta tirar férias. Uma vez me reconheceram numa estância de repouso. Precisava ver o que fizeram: quase puseram o hotel abaixo. – E voltando-se a mim com falso sentimento de inveja: – Como gostaria de ser anônimo igual a você, escriba!

Por favor, não imaginem que pretendo jogar toda a antipatia de vocês contra o Jujuba e passar como bonzinho. Não é isso, juro. O ídolo de seus filhos, o amiguinho do arcebispo, o decorativo cicerone da Disneylândia, o nanico que cobrava oitenta mil cruzeiros para fazer um comercial filmado era o maior filho da puta que jamais conheci. É verdade que me salvou da "pressão arquitetônica", que me comprou roupas e me transferiu para o Castelinho, com uísque, farras e vida mansa. Mas não me dava isso de graça: sabia que eu tinha cabeça e que podia aumentar a audiência do seu programa. Depois que me empregou, tomem nota, seus *tapes* passaram a circular em doze estados, faturando horrores, e graças a mim ele se animou a cantar e gravar discos com aquele tostãozinho de voz.

– Vamos, boneca, o que você quer comer? Peça o que quiser. Todas as pessoas que andam comigo engordam. Está aí o escriba de prova. Diga a ela quantos quilos engordou neste ano.

A princípio o cara sempre passava como generoso. Quando queria pegar uma mulher ou explorar um homem, dava uma de Papai Noel, como se o dinheiro para ele não valesse nada. Outra mentira! Era o maior sovina da televisão, não ajudava ninguém, nem mesmo as crianças pobres que o procuravam. Só abria a diminuta mãozinha para esnobar. Roupas mil, carangos estrangeiros, o Castelinho, que lhe custara dois bi, fora os móveis, os quadros e os badulaques todos.

– O que me diz, boneca, duma visita aos estúdios da Ipiranga? – sugeriu o nanico para dar mais uma demonstração de força.

Foi na Ipiranga, ante o fundo infinito dum cenário marciano, onde se desenrolavam as aventuras do Jujuba, que tive minha primeira oportunidade com Pat. Cheguei-me bem perto dela para comprovar que o motorista do Mustang não era invisível, e já com muitos goles no caco, meio balão, fiz minha jogada:

– Escute aqui, Pat. Você podia ganhar muito dinheiro com o Jujuba. Basta ter um papel fixo no programa. Disso posso cuidar, pois sou eu que o escrevo. Mas precisa ser viva, boneca. Exija contrato de seis meses. Cinco mil, durante seis meses. Queira a coisa assinada, garantida. Não vá na conversa desse anão. Ele costuma prometer e não cumprir. Já vi o Jujuba engabelar muita moça como você. Peça o contrato.

Pat, a ambiciosa, sentiu que tinha um aliado; ficou mais verde, mais clorofila e inclinou o caule sobre o *mignon*. Fomos, ainda, tomar uns tragos no Pandoro até que anoitecesse. Piscando para mim, deu a entender que ia contra-atacar.

– Oh, Jujuba, como gostaria de trabalhar com você! Me cave um papel fixo e amanhã mesmo abandono o rebolado. Aquilo não dá mais, você sabe.

O reduzido encaixou a bola.

– Quer mesmo trabalhar comigo?

– Ainda pergunta?

– Então vamos à minha casa tratar do assunto.

No fotograma seguinte, nós três já estávamos no Mustang, ele bolinando a vedete, que protestava baixinho, *pro forma*. Para uma mulher entrar no Castelinho de rapadura do Jujuba era fogo. A própria Belinha, sua *partner* de 12 ou 13 anos, levara chumbo por trás. Foi na Semana da Criança. O monstro sagrado, sempre atento ao calendário promocional, oferecera uma festinha aos filhos dos colaboradores. Belinha parecia um bolo coberto de *chantilly*, acompanhada pelo papai, um modesto telegrafista, proprietário feliz de uma casa comprada graças aos encantos e fotogenia da filha. Jujuba bebera demais, e à certa altura, boiando pelo *living* em sua roupa espacial, gozando as delícias da imponderabilidade, aconselhou-me: "Nunca misture rum com pervitim, escriba". Vi que estava nos seus dias de euforia e risco, na onda do vale-tudo. Empurrou todos os convidados para fora. Distribuindo presentes, menos dois: Belinha e o papai. Em seguida, atraiu a menina para a biblioteca, a pretexto de mostrar-lhe seu papel que teria muitos "bifes" aquela semana. Eu, que não sou moralista, embora muito cauteloso, entendi as intenções do perverso, e entre ponches e sorrisos, fui conduzindo o orgulhoso papai até as bordas da piscina. Lá improvisei interessante discurso sobre os benefícios da água clorada com o braço ao redor do ombro do atento convidado. Hoje vejo a baixeza de tudo aquilo e receio mesmo que algum autor estrangeiro, lendo esse trecho, possa chocar-se demais com a vergonhosa situação que muitas vezes é imposta aos intelectuais da América Latina. Enquanto eu falava, falava, na biblioteca o nanico, navegando no espaço, à falta de gravidade e caráter, agarrava a avezinha descuidada, tombava-a de bruços no divã, sussurrando que não ia doer e mostrando a mão em concha cheia de cuspe.

Somente pude concluir a conferência cloral ao ver o anão e sua protegida reaparecerem no *living*, ela com um *script* ante o rosto para esconder o rubor. Depois que o papai e a filhinha saíram, no término das festividades da Semana da Criança, o anão tomou mais um e naufragou. Tive que levá-lo para a cama, nos braços, vestir-lhe o pijaminha, e já ia me retirar, pé ante pé, quando ouvi a voz de acetato. Queria que apanhasse na estante os *Contos da Carochinha*. Lembro que me sentei numa poltrona baixa, ao lado de sua cama, e com bossa e voz de vovozinha li para ele "O Pequeno Polegar" e "Joãozinho e

Maria", historietas de indestrutível sabor e fundo moral. Antes do fim, ouvi um ronco suave, o de um pião sobre a cauda de um piano, e lá estava, todo apagado, de boca aberta, o amiguinho de seus filhos.

– Moro nessa casa, Pat. Gosta dela? – perguntou o reduzido apontando seu castelo encantado entre muros e árvores.

– Por que uma casa tão grande, Ju?

– Quando meu cartaz mixar, farei dela a maior putaria do país. Ideias aí do escriba.

Desci para abrir os portões porque sábado, dia de farras, Jujuba dava folga ao mordomo e à cozinheira. Voltei ao Mustang e o estacionei lá, sob as árvores, onde o veria pela última vez. O anão seguiu na frente, empinadinho, disposto a enfrentar os penetras que por acaso estivessem no Castelinho: eles costumavam invadi-lo, pulando o muro, quando não havia ninguém. Eram uns vândalos, além de chatos. Aproveitei a oportunidade e segurei o braço da clorofila. Perto dela, com o rosto a centímetros do seu, senti o perfume de Pat e o impacto dos seus olhos. Tentei mostrar-me indiferente a qualquer atração física, o amigo assexuado que caía do céu para auxiliá-la naquele momento decisivo.

– Lembre do que disse. Não vá no papo dele. Mostre que é sabida. Nada sem contrato assinado. E não tome muito uísque nem bolinha, se não quer entrar pelo cano.

Pat sorriu, altiva, muito segura de si, com aquela cara de puta de ribalta que eu adorava. Entramos no *living*, todo iluminado, embasbacando a donzela pelo luxo. Pobre em casa de rico fica biruta. Cheguei a temer que ela tirasse a roupa e se pusesse a dançar. Parou diante dos retratões na parede, imensas fotos em tamanho família que mostravam o polegar, gigantesco, andando sobre ônibus, pontes, elevados e edifícios – o dono da metrópole. A fotomontagem transportava o Jujuba do País dos Anões ao País dos Gigantes, dando a mão a De Gaule, a Cassius Clay, atacando assim tecnicamente seu mais antigo ressentimento.

O dono da casa, que desaparecera por instantes, voltou empurrando um bar-volante, tipo de carreta medieval, autêntico *show* de rótulos e bebidas finas. O fanático da ostentação, o porra-louca, sentou-se num coelho de balanço, donde costumava posar para revistas, e deu seu primeiro lance:

– Não trato de negócios sem beber. Vamos encher o caco. Então quer mesmo um papel, Belezoca? Bole um papel para ela, escriba.

Chutei em cima:

– Bolei, chefinho. Ela pode ser uma superfada eletrônica, que voa no espaço e salva os astronautas das mãos do maldoso Rei Urano.

– Está aí a ideia, sereia. O papel é seu.

A vedete-clorofila, mais bunda que cabeça, procurou seu ponto de apoio visual e então começou a falar como se fosse macaca velha. Via sua boca carnuda abrindo e fechando, toda sexo, empurrando as palavras com a linguinha. Via os dentes faiscando e os peitos subindo e descendo. Mas o que era mesmo que dizia? Mais ou menos isso:

– Olhe aqui, Jujuba, já estou cheia de promessas. Todo mundo quer me dar trabalho. Mas é de araque, morou? Conversa mole não me pega mais. O que quero, no duro, é um contrato, tá?

O micrômegas não estranhou a exigência:

– Quanto quer ganhar, verdinha?

– Por menos de cinco, neca.

– Não diga mais nada: cinco tijolos.

– Mas não é só isso, já disse. Quero contrato de seis meses. É como todo mundo faz, não é?

O charmoso nanico, balançando-se no coelho, me piscou maliciosamente e ordenou:

– Vá ao escritório e pegue uma fórmula de contrato. A moça está cabreira e com razão porque ainda não me conhece. Depois lhe diga como sou generoso, escriba. Conte-lhe quem você era quando o descobri perdido na floresta. Conte pra ela.

Fui à biblioteca, onde encontrei diversas fórmulas impressas de contrato, mas o chefinho queria uma só. Fajutagem. Como já devem ter percebido. Peguei também a portátil e voltei ao *living*, indo me ajeitar num pufe com a máquina sobre os joelhos. O *mignon*, ainda se balançando, com pinta de empresário, ditou as cláusulas variáveis silabando as palavras. E, num passe de mágica, uma caneta se materializou entre seus dedos e assinou. A verdinha assinou embaixo. Precisavam de uma testemunha: eu. Exatamente como havíamos fajutado diversas vezes com muitas incautas.

– Negócio fechado, verdinha. Você é minha por seis meses. Percebeu bem o que eu disse? Minha. E contratada aqui do papai tem que se rebolar. Venha dar uma beijoca no chefinho.

A vedete levantou-se, frescona, e remexendo as nádegas curvou-se para beijar o anão. Um faustoso rabo se ergueu na minha direção: tive que virar meia dose de uísque para me conter. Quase que passava a mão, estragando tudo. Jujuba envolveu o pescoço de Pat com seus bracinhos e pregou-lhe violento e chupado beijo na boca. A verdinha riu e o canalha repetiu a dose ainda com mais ímpeto e tesão. Eu respirava forte, puto da vida, com vontade de esmagar o monstro sagrado lá mesmo no balanço. Em seguida o peralta enterrou a cabeça no decote da vedete, enquanto enfiava a mãozinha sob a minissaia. Aí, felizmente, Pat afastou-se a rir e deu umas reboladas legais entre meu pufe e o coelho. A idiota pensava que já pusera os trinta mil na bolsa e começava a abrir-se.

– Faça um *strip-tease* pra nós – pediu o homúnculo, entusiasmado. – Vá tirando os trapos, verdinha, não tem ninguém aqui, só nós.

Pat Alvarado sacudiu a cabeça, negando-se, com os cabelos soltos, caídos sobre o rosto.

– Criada também é gente, chefinho.

– Mas só tem a arrumadeira lá dentro, que já deve estar dormindo. Pode começar o espetáculo. Paguei trinta mil contos pra ver esse lordo, boneca.

Quando ela se virou para mim, fiz-lhe uma careta, e ela, manjando, saiu com essa:

– Estou morrendo de fome, Ju. Depois eu faço o que você manda.

– Hoje não tem comida – disse o *mignon*. – O escriba cismou de dispensar a criadagem, até o jardineiro. – E para mim: – Vá lá dentro e veja se arruma uns sanduíches.

Disparei para a copa, enciumado. Não queria que o reduzido ficasse sozinho com minha gama por muito tempo. Voei pelos corredores. Encontrei tudo: pão, queijo, salame. Eu tinha liberdade, entendem? Conhecia o Castelinho como a palma da mão e vivia abrindo e fechando as geladeiras. Voltei para o *living* com a mesma pressa. A vaca de vedete estava deitada no tapete com os peitos para fora. O anão beijava-lhe e mordia os seios fazendo ruídos. Tão entretido, nem percebeu minha aproximação. Ia arregaçar-lhe a saia para continuar seu trabalho bucal quando Pat me viu e saltou de pé.

– Ah, os sanduíches! – pegou um deles da bandeja e foi mastigá-lo num canto ainda com a metade dos peitos aparecendo.

Jujuba continuou no chão.

– Você veio estragar, escriba. O melhor ia começar agora.

Fui ao bar e enchi um cálice. Precisava beber mais, sem parar. Aquelas emoções me aceleravam o coração. Para o Jujuba aquilo era rotina, mas eu era tarado por Pat havia três anos, ajuntara recortes de jornal, colecionara retratos, seguira-a pelas ruas, procurara mulheres com a cara dela nos bordéis e gastava todo o sangue das traduções de Max Pylon para ver suas coxas no palco. O monstro sagrado levantou-se e foi pegar um uísque na carreta, mas não encontrou a marca que queria e com um palavrão foi para a adega.

Apertei o braço de Pat; a verdinha gemeu.

– Você tem chulé na cabeça, moça. Sabe o que fez? Assinou um papel qualquer. Onde está sua cópia para provar que o contrato existe? Ele quer é dar uma trepada em você e só. Não vai ver um tostão, me entende?

O Q.I. da vedete era uma vergonha nacional.

– Então caí no conto?

– Claro que caiu, boneca. Foi tapeada pelo anão como uma criança, devia se envergonhar.

– O que devo fazer?

– Agora ponha esses peitos para dentro e enfie o contrato na bolsa. Pegue ele. Está lá na mesa. E trate de ir embora bem depressa. Amanhã logo cedo, telefono pra você. Com o contrato, ele tem que te pagar mesmo você não trabalhando.

Acho que Pat havia roubado muita coisa, isqueiros, cinzeiros, talheres e *souvenirs* em bacanais de grã-finos, tal foi a rapidez e naturalidade com que meteu o contrato na bolsinha. Ato contínuo, ainda mais rebolativa, frescona, e com o maior sorriso do hemisfério, dirigiu-se ao espelho do *living* para pentear os cabelos. Confesso que naquela hora quase me lanço sobre ela, para possuí-la na marra, se o chefinho não reaparecesse com uma garrafa bojuda de uísque.

– Gostou do sanduíche, boneca?

A clorofila, com um sorriso de mentira, assoprou-lhe um beijo, como costumava fazer no palco ao cair da cortina, e anunciou:

– Agora que matei a fome, vou embora. Tem festa na casa de uma amiga.

O anão franziu a testinha, emputecido. Nem as menores saíam de lá sem levar chumbo.

– Você vai na festa depois, verdinha. Agora vamos fazer uma brincadeira. Veja aí o escriba. Ele está louco por você, como está na cara. Então você faz um *strip-tease* – era o início de um plano diabólico –, tira toda a roupa. Mas antes pegue um lenço e amarre os olhos dele. Olhe, tem um lenço aí! Consiste em... quero dizer, se ele conseguir te pegar, vocês trepam aqui, na minha frente. É a sua chance, escriba! Depois não vá espalhar que o chefinho não lembra de você.

– Deixe ela ir na festa, chefinho.

– A festa vai ser aqui. Amarre os olhos dele, verdinha. Pegue o lenço.

Eu estava ereto com vagas esperanças de ser bem-sucedido. Pat Alvarado chegou-se a mim e vendou meus olhos com um lenço perfumado. Uma das muitas brincadeiras do chefinho em que eu era o centro. Coisas piores já preparara para mil convivas. Tudo escureceu e eu comecei a ouvir a roupa dela, o ruído da nudez, se posso falar assim. Sabia que Pat estava despida diante de mim, mas não podia ver nada. Fiquei louco, embora fixo no chão.

– Pode começar, escriba. Pegue ela. Se mova, matusquela.

Com os braços espichados, como um sonâmbulo, saí atrás dela, com o coração pulando, a boca seca, rezando para que tudo desse certo. Perto de mim, o nanico morria de rir; me estimulando a prosseguir. Ouvia também os risinhos da clorofila, que corria pela sala, evitando minhas mãos ávidas. Às vezes, eu a sentia perto e me excitava mais ainda. Mas de repente, empurrando com o pezinho, o micrômegas jogou o pufe diante das minhas pernas e eu afocinhei no chão. Nervoso, arranquei a venda, mas não a tempo de ver a vedete, já escapando pelo corredor, com suas roupas.

– Chefinho, bati com o nariz!

– Não sabe o que perdeu, escriba! A mulher é um espetáculo! Agora vou subir e pegar ela. Fique aí, deitadinho no chão.

– Quer que vá buscar ela?

– Eu tenho pernas, escriba! Você já teve a sua oportunidade.

Levantei-me com meu lance preparado. O nariz me doía, mas eu precisava reagir. Pra que é que a gente tem cabeça?

– Patrão, que foi que houve com sua cuca? Mulher como esta tem aos montes por aí. Ela não vale trinta mil contos! Nem sendo o maior rabo do país!

– Quem lhe disse que vou dar os trinta, calhorda? Quando ela sair, rasgo o contrato e está tudo acabado, não sabia? Sempre fizemos isso. Esqueceu ou está biruta?

– Mas onde está o contrato? Diga, chefinho!

Jujuba olhou para a mesa onde o contrato tinha sido assinado. Procurou-o no chão.

– Estava aqui, não estava?

– Mas onde está agora?

– Não sei.

– Procure, chefinho, procure.

O anão perdeu a paciência:

– Onde está o puto do contrato? Onde está ele, veadão?

Apontei para o fundo do corredor.

– Na bolsinha da cadela.

O Jujuba hão gostava de ser enganado, ficou onça.

– E a bolsa, está com ela?

– Está, chefinho. Eu vi quando ela pegou o contrato.

Ele procurou se controlar, tomou uma tremenda dose de uísque, pensando na situação. Piscou os olhinhos, pondo a cabeça a funcionar.

– Podíamos lhe arrancar a bolsa, mas ela é de fazer escândalo. A vizinhança já anda meio cabreira com nossas farras. Precisamos agir com cautela.

Fingi estar bolando algo na hora.

– Chefinho, tive um estalo.

Jujuba ergueu a cabecinha e olhou-me esperançoso. Sempre esperava meus estalos, geralmente bons. Era um filho da puta, mas jamais alguém confiou tanto no meu talento. Essa justiça lhe faço.

– Desembuche, escriba, antes que ela escape.

Após um pequeno "suspense" apontei para a piscina. Era uma jogada muito importante.

– Convide a verdinha para um mergulho na piscina.

– Quero trepar, não nadar.

– Acho que o chefinho não está morando. – Realmente não estava, mas se dispôs a ouvir-me com o mesmo interesse profissional que dedicava às boladas e *gags* do programa. Creio até que adorava ouvir minhas sugestões, sempre tão rendosas para ele. – Patrão, a coisa é simples. Enquanto vocês nadam, eu entro no quarto e roubo o contrato. Ela não pode nadar de bolsa, pode?

– Realmente não pode. Sugestão aprovada, escriba.

O dono da casa dirigiu-se ao corredor ao encontro de Pat Al-varado, que saía do banheiro. Não ouvi o diálogo, pois fui ao jardim ver a piscina. De manhã eu retirara a escada e a deixara sobre a cama. Fui ver se ainda estava lá. Precisava também de um pouco de ar fresco, queimado como estava por dentro. Larguei-me numa preguiçosa com um copo não sei de que na mão, e fiquei à espera dos dois mastigando meus planos secretos. Não demorou muito a que Pat surgisse a meu lado com um escandaloso maiô vermelho que o nanico lhe emprestara. Lembrei-me de todas as fêmeas que já vira no cinema e concluí que ela era a melhor de todas. Uma parada, tetrarcas.

– Você sabe nadar, Pat?

– Já fiz bailado aquático. Nasci nadando. Sou carioca, como se vê. Mas tudo isso é lindo! Como o Jujuba ganha dinheiro! – E mudando de tom: – Ele não desconfia de nada, não? Digo do contrato.

– Está muito bêbado, Pat.

Ela olhou ao redor e arriscou mais uma pergunta.

– Quer dizer que terá que me pagar, mesmo se eu não trabalhar?

– A gente registra o contrato amanhã.

– Você ensina como se faz?

– Deixe pra mim.

A vedete riu.

– Você é o próprio amigo da onça, hein?

Fiz uma cara de sofredor, que me caía muito bem.

– Viu como ele me humilha? Na frente de todos! Preciso tirar minhas desforras. Sou humano como qualquer pessoa e estou muito preocupado com você.

O Jujuba transpôs a porta de vidro do *living* com uma novidade: estava completamente nu. Pelado ficava ainda menor, ainda mais reduzido. Menos tenso, ri a valer. Pat, a putinha, imitando uma donzela envergonhada, mergulhou na água. Logo punha a cabeça pra fora, anunciando que a água estava gelo puro.

O anão deixou a garrafa bojuda aos meus pés e ordenou:

– Vá procurar a bolsa.

Entrei na casa com a missão a cumprir. Não foi difícil encontrar a bolsa. Fora escondida numa gaveta do pichinchê de um dos quartos de hóspedes. Ao abri-la, meio emperrada, senti o perfume da vedete. Peguei o contrato e ia saindo quando vi suas roupas sobre a cama. Não pude resistir: cobri meu rosto com sua calcinha e aspirei profundamente. Fiz isso tantas vezes, enchendo tanto os pulmões de ar perfumado de Pat, que fiquei tonto. Voltei ao *living* nervosamente sem saber o que fazer com o contrato. Onde deveria escondê-lo? Desorientado e pensando em voltar ao quarto para novas cheiradas, descobri afinal um vaso que Jujuba adquirira no Natal em Parati. Enfiei o contrato lá dentro e voltei às margens da piscina com os olhos na garrafa bojuda. Nadando, abraçado na vedete, Jujuba protestava:

– Quem mandou esvaziar a piscina? A água desceu um metro.

– Fui eu, chefinho. Ela está suja.

– Mas ela foi limpa outro dia, veadão!

Sacudi os ombros e peguei a garrafa, com mais sede ainda, mais desejo de me embriagar. Há muita diferença entre as emoções da ficção, aquelas que eu sentia nas traduções de Max Pylon, e a realidade. O que acontecia era verdadeiro. Vi a marca da água, um metro abaixo, e invejei a frieza dos personagens de Pylon. Eles não temiam nada e iam em frente com a maior segurança.

– Eh, Pat, vamos fazer o negócio dentro da piscina mesmo – propunha o anão.

A vedete, sempre a rir, evitava-o. Suas braçadas longas, de bailado aquático, livravam-na do minúsculo perseguidor. Pensei naquilo em termos de cinema e achei tudo ótimo. Mas apesar do meu estético entusiasmo sentia dores de barriga.

Para fugir à perseguição, Pat, a comediante, conseguiu alcançar as bordas da piscina e saltar fora. Levantei-me da preguiçosa vendo ali a oportunidade, o instante da ação.

– O que aconteceu com a escada? – berrou o nanico. – Como é que vou sair daqui?

– A escada?

– Sim, onde ela está, veadão?

Realmente eu era uma merda perto do tio do garoto do livreco do Max Pylon. Pus-me a tremer, mostrando-me um perfeito bolha, quando ação deveria ser urgente e eficaz.

– O senhor esqueceu que ela quebrou...

– Como podia quebrar? É forte pra caralho!

Sacudi os ombros outra vez:

– Acho que foram os cabeludos. Estavam todos dopados. Só pode ter sido eles.

Pat saiu das águas e estendeu a mão para o Jujuba, que fez um enorme esforço para pisar a margem. Ficaram os dois, respirando fundo, sentados no chão, tentando rir da força que haviam feito. Voltamos os três para o *living*, Jujuba espirrando. Depois que Pat passou por ele, o nanico me puxou pela mão.

– Se alguém me procurar, escriba, diga que viajei, que morri.

– Sim, chefinho.

– Afanou o contrato?

– Não pense mais nele.

Pat olhou para mim e saiu-se com esta:

– Agora ponho o vestido e vou para a festinha.

– Vai nada! – bradou o anão. – Você vai é trepar até não poder mais.

– Ju, benzoca, deixe isso para amanhã.

– Já viu alguém adiar tesão? Vá tirar o maiô. Eu a espero no quarto. E você, escriba, se quiser pode ir dormir. Hoje não tem sopa dos pobres. Estou pagando trinta mil por esse michê.

Espirrando sem cessar, Jujuba foi para o quarto. Pat atrasou os passos antes de entrar no seu para tirar o maiô. Queria uma palavrinha comigo.

– Como você vê, não posso escapar dele. Mas não faz mal. O contrato está comigo e amanhã nós registramos.

– Tem certeza de que o contrato está com você?

– Guardei ele na bolsa.

– Não está mais na bolsa, pipoca.

– Como sabe?

– O Jujuba me disse que roubou e escondeu nalguma parte.

Pat correu para o quarto e abriu a bolsa. Fiquei na porta, espiando, com receio de que o nanico aparecesse.

– Desgraçado! Filho da mãe! Roubou mesmo!

– Não se pode confiar nesse cara.

– Mas, se é assim, na minha bunda ele não põe.

– O que vai fazer, verdinha?

– Saia daí, escriba. Vou vestir a roupa.

– Pat, eu...

– Saia! Já estou com o saco cheio de tudo!

Afastei-me e em poucos passos apanhei a garrafa bojuda. Virei-a na garganta. Não sabia se tinha ou não o controle da situação e estava com medo de que o tiro saísse pela culatra. Tudo é uma questão de sorte, e eu sempre fora razoavelmente cagado. Foram aqueles uns dos piores momentos da noite.

O Jujuba saiu do quarto com um robe marrom.

– Onde está a verdinha?

– No quarto de hóspedes, chefinho.

– Que puta demora é essa?

– Acho que vou dormir, chefinho. Deixo vocês à vontade, já que não vai haver sopa.

Acho que cheguei a dar uns passos na direção do corredor quando a verdinha estourou no *living* já vestida, com a cara fechada, os peitões arfando. Estava uma fera sem aquele verniz da manhã, como ela era mesmo, a do rebolado, acostumada a toda sorte de sacanagem, com ódio recalcado de tudo e farta de ter que abrir as pernas para viver

– Vou embora, cavalheiros! – anunciou.

– O que aconteceu, boneca?

– Vocês são uns pilantras! Roubaram o contrato de minha bolsa.

O anão passou à ofensiva:

– Ah, estava na bolsa? Então a ladrona é você. A pilantra é você. A mafiosa! Não sabe lidar com gente de respeito! É uma pistoleira como qualquer outra.

A vedete fincou as mãos na cintura, ficando feia pela primeira vez desde que a conhecera.

– Afanei porque queriam me enganar. Depois da farra, me davam um pontapé e me jogavam na rua.

– Espere um pouco, verdinha. Vamos conversar.

– Vá conversar com sua avó, nanico!

Jujuba tinha uma nova e franca proposta a fazer.

– Certo, verdinha. O contrato era de araque, mas posso lhe dar uma boa grana. Você vai sair daqui com o rabo cheio de dinheiro.

Por cima da cabeça do anão, apontei o vaso, temendo que o diabinho pudesse enredá-la. A verdinha entendeu e disfarçadamente, rebolativa, aproximou-se da cantoneira.

– Pensam que não vi onde esconderam? – disse, me salvando com a colocação no plural. E retirando o contrato do vaso, correu para a porta, em fuga, socando os tacos no assoalho.

O lance da clorofila desnorteou Jujuba, que, apenas para mostrar reação, tentou chegar antes que ela à porta da entrada. Pat, atlética, deu-lhe um drible e disparou agora para o interior da casa, vomitando os maiores palavrões. Parecia um bispo de xadrez, deslocando-se na diagonal.

O anão foi persegui-la e focinhou no tapete.

– Deixe ela pra mim, chefinho – disse, voando pelo corredor.

A vedete ignorava que o Castelinho não tinha saída livre para a rua, cercado pelo jardim, e que a porta dos fundos era fechada por fora pelos serviçais. Entrei na cozinha e para minha surpresa vi Pat Alvarado junto à pia, toda trêmula, com o contrato na mão. Apavorada, ela que na cena anterior parecia uma leoa, uma puta da zona disposta a virar a mesa. Sorri amigavelmente para que Pat ficasse tranquila e confiante no intelectual que a estimava.

– Minha querida amiga...

Era seu amigo secreto, o sereno homem de letras, o escriba balofo que só queria o bem das criaturas.

– Você veio me pegar?

– Veja o que vou fazer, Pat. Veja bem. – Era uma ideia provavelmente lembrada de um dos romances de Max Pylon, parece-me que *Um grito no escuro*.

– O que vai fazer?

– Isto.

Abri a caixa de eletricidade e desliguei a chave geral. A voz de Pat ficou diferente no escuro, todas as vozes ficam diferentes no escuro.

– Por quê?

– O Jujuba não alcança a caixa. É pequeno demais.

– E eu, o que faço?

– Segure bem seu contrato e espere. Vamos dar um jeito de você escapar. O murinho da frente é muito baixo. Sempre pulo ele quando esqueço a chave.

Voltei ao *living*, às escuras, já ouvindo os protestos do chefinho.

– Que porra foi essa?

– A merda da Light. Ontem foi a mesma coisa.

– Não tinham outra hora para cortar a luz? Olhe, vá lá na copa e pegue um maço de velas. Preciso encontrar aquela pistoleira.

Fui tateando até o armário da copa. Chamei baixinho por Pat, mas ela não estava lá. Onde teria ido? A primeira coisa em que toquei no armário foi justamente o maço de velas. Zás na cisterna. Voltei ao *living* com meu isqueiro aceso.

– Nada de velas, chefinho!

O Jujuba foi mover-se e chutou uma banqueta. Continuou a andar na direção da carreta e logo eu ouvia o ruído de líquido despejado num copo. Depois, um espirro. Fizera-lhe mal entrar nu na piscina.

– Onde será que se meteu a vaca?

– Vamos esperar a luz voltar, chefinho.

– Pela frente ela não sai – disse o nanico com um segredo que eu desconhecia.

– Puxa, como bebemos hoje! Vamos cochilar no divã.

Jujuba protestou, atingindo-me com um tapa no braço.

– Cochilar na hora do brinquedo? Vá buscar minha lanterna.

Assustado com esse plá, fui para a biblioteca com muito medo do que podia acontecer. Ao entrar chamei por Pat, como fizera na cozinha, e mais uma vez não obtive resposta. A vivalda devia estar bem escondida com seu contrato. Abri a gaveta. A lanterna eu não podia jogar fora; liguei-a e voltei ao encontro do anão.

– Passe isso para cá, veadão.

– Pode deixar, chefinho, vou procurar a verdinha. Fique descansando aí.

– Quem disse que estou cansado, fresco? Me dê a lanterna.

Realmente para Jujuba se apagar precisava muito álcool, muita bolinha. Muitas vezes farreava até a manhã seguinte, tomava banho e ia enfrentar a câmara de televisão para a alegria da gurizada. Apenas uma vez eu e o mordomo tivemos que tirá-lo da piscina vazia, onde desmaiara após uma orgia romana.

Vi o facho de luz afastando-se na direção da copa. Se o Jujuba encontrasse Pat, eu não saberia o que fazer. A primeira grande oportunidade fora perdida e agora apenas influía nos acontecimentos sem dominá-los. Sentei-me na banqueta, depois de me servir nova dose. Só me restava beber e esperar.

Ouvi uma voz de *jingle*, a inconfundível voz do príncipe de massificação, mas somente a música era a conhecida dos Biscoitos Mirim, cantada nos auditórios. A letra Jujuba improvisara para a situação.

"Venha Pat, Patinha,
venha, venha, minha verdinha,
vamos dar uma trepada bacana,
vamos brincar de gincana,
unda, eta, alho."

A musiquinha me fez um mal desgraçado, talvez por causa do escuro e do eco dos cômodos quase vazios do Castelinho.

"Unda, eta, alho,
unda, eta, alho,
unda, eta, alho."

Buliram no meu braço. O perfume. Ela.

– Onde ele foi?

– Foi procurar você com a lanterna.

– Agora dá pra escapar.

– Então tire os sapatos, depressa.

Respirando fundo, a senhorita Pat Alvarado, da sociedade paulistana, acompanhou-me no escuro até a porta principal. Parece que chegou a despedir-se, balbuciando qualquer coisa de agradecimento. Girei a maçaneta, mas a porta não abriu. Forcei, nada.

– O nanico fechou com a chave.

– Não tem outra saída?

– Só pulando o muro, irmã.

"Unda, eta, alho,
unda, eta, alho."

– Esconda-se atrás da cortina. Não se mexa.

"Unda, eta, alho."

– Acho que ela evaporou, chefinho.

– A putinha deve ter subido nalgum lugar.

– Vai desistir ou vai continuar?

– Nunca desisto, escriba. Veja o que ela deixou cair. Um lenço. Aqui está a pista, veadão. Isso vai ajudar pacas.

O anão, feliz, afastou-se repetindo o estribilho de sua canção, que já começava a ficar macabro. No fundo do corredor, ouvi de novo sua voz:

– Quer apostar como a vacona aparece agora?

Não sabia qual era o plano do Jujuba, que nem sempre me confiava todos. E eu ficava bronqueado quando o monstro sagrado cismava de ter ideias próprias. Mas logo entendi e dei tudo por perdido. Marco e Polo começaram a participar da gincana no escuro, libertos do canil. Rosnavam ferozes pelo *living* como lobos famintos. Eu já os vira estraçalhar um ladrãozinho no jardim e sabia como eram fiéis ao seu dono. Mais fiel do que eles, só eu mesmo.

– Só nos faltava a caça à raposa, escriba!

Não achei graça alguma, aterrorizado, e chamei os cães pelos nomes, procurando detê-los. Atrás de mim, o micrômegas gargalhava e repetia "unda, eta, alho". Saltei diante da cortina, fazendo barreira para Patrícia e no movimento brusco derrubei uma estatueta. Tive a impressão de que uma escultura de dois metros desabara aos meus pés. Então Pat gritou, um grito longo e inteiriço. Não ouvi seus sapatos, pois tirara-os, mas o jato frio de luz da lanterna a alcançou quando ela cruzava o *living* a caminho da piscina. O ruído do corpo caindo na água encheu o jardim.

Jujuba e seus cães correram para fora. Ele gargalhava, feliz com tudo, e firmando-se no estribilho.

"Unda, eta, alho,
unda, eta, alho."

Fui também para o jardim, àquela hora com o odor forte das magnólias. Marco e Polo volteavam a piscina, latindo. Vi Pat nadando em círculos a olhar para o Castelinho. Jujuba virou a garrafa na boca e tomou o maior gole da temporada. Fiquei atrás dele, mais confuso do que nunca.

– O que vai fazer, chefinho?

– Esperar, escriba. Agora, sim, é esperar.

"Unda, eta, alho."

– Vai ter que esperar até amanhã.

– Por quê?

– Para ela a piscina dá pé. Veja o nível como desceu – apontei. – Pat nem precisará nadar.

A observação bateu em cheio no alvo. A verdinha não sairia da piscina nunca com aqueles galgos rondando. Continuava nadando em círculos sem nenhum protesto a olhar o grupo que se instalara à margem acompanhando os giros de Marco e Polo.

"Unda, eta, alho."

– Vá pegar ela – sugeri.

– Quer ouvir mais espirros, veadão?

– Assim vai ficar monótono, chefinho. Tome mais um gole e mergulhe.

Jujuba virou novamente a garrafa bojuda na boca e piscou-me.

"Unda, eta, alho."

Jogou o robe na grama e, outra vez nu, atirou-se na água soltando um grito de guerra. Agindo depressa, chamei Marco e Polo e até arrastei um deles pela coleira, me esforçando para levá-los de volta ao canil. Depois, voltei ao jardim, ouvindo as gargalhadas de Jujuba, que tentava segurar Pat. Pisando na borda da piscina, fiz um sinal para a senhorita Alvarado. Ela veio nadando. Baixei o braço mais que pude, finquei os pés no cimento e numa só arrancada tirei-a da água.

Meu amado patrão se pôs a gritar.

– Eh, veadão, me tire daqui!

– Espere, chefinho, vou dar um uísque à nossa convidada.

– Não posso sair, calhorda. O nível desceu – esganiçou o Jujuba, procurando saltar na água para em vão jogar o corpo para fora. Vendo-o assim nu, na penumbra do jardim, ocorreu-me por que fora ele eleito o ídolo cotidiano da criançada: é que não era um ser disforme, como a maioria dos anões, mas um homem em miniatura, um truque fotográfico, um duende que um dia começaria a crescer até o tamanho normal para afinal casar-se com uma princesa.

Pat, doida para sair de lá, puxou-me pelo braço.

– Não tire ele, não tire ele ainda.

– Vamos pra dentro.

Ao dar os primeiros passos no *living* às escuras, lembrei da lanterna que vira sobre a relva da piscina. Foi duro, muito duro ter que voltar para apanhá-la. Embora me abaixasse, o chefinho, num dos seus saltos de peixe, conseguiu me ver e rompeu num berreiro apenas interrompido pelos goles de água que bebia em seu esforço e convulsão.

Guiei Pat para o quarto com o jato de luz apontado para o chão.

– Não posso sair assim com esse vestido ensopado.

– Claro que não pode. Há diversos no guarda-roupa – eu disse, abrindo o móvel. – São das figurantes do programa. Pegue qualquer um.

Estávamos perto um do outro, muito perto:

– Saia que vou trocar...

– Deixe de frescura, Pat.

Ouvi o ruído do vestido que se despregava do corpo úmido de Pat. O sutiã foi mais fácil. Mas as calças estavam muito coladas, teve que enfiar o dedo na carne para arrancá-las.

Movi a lanterna ligada em sua direção.

"Unda, eta, alho,
unda, eta, alho."

A vedete-clorofila, sob o *spotlight*, afinal despiu-se completamente para o moço da primeira fila. Apontava a lanterna como quem aponta um revólver. As mãos de Pat, cruzando no vértice das coxas, fizeram barreira sobre os pelos. Lancei o jato de luz nos olhos dela. Ela defendeu os olhos com as mãos. Baixei a lanterna. Ela repetiu o gesto. Subi a lanterna. Ela voltou a proteger os olhos. Desci a lanterna. Ela desceu as mãos. Fui de novo aos olhos.

"Unda, eta, alho."

– Pare com isso, escriba.

Era tão burra que pensava que escriba fosse meu nome.

– Vamos, Pat, deite no tapete.

– Quero ir embora.

– Então vá, pode ir.

– Nua?

– Nua.

Xeque-mate: uma mulher nua não pode ir a lugar nenhum. Depois havia o contrato. Amoleceu a voz:

– E o Jujuba?

– Está na piscina.

– Ele sabe boiar?

– Vamos, deite no tapete.

– Então faça depressa.

Não dá para descrever. É difícil, não sei. Só digo uma coisa: ela parecia feita de espuma de borracha, um material muito macio que cedia com meu peso. O que funcionava muito era a cabeça, as recordações. Eu me via comprando ingressos, centenas, diante do guichê, depois já no teatro, assistindo ao *script* juntamente com quinhentos sósias meus. Mas havia um ponto, um tipo estrangeirado na caixa do ponto, que se levantou e cumprimentou-me: era Max Pylon, o escritor, com um livro na mão, o seu *A morte na piscina*. Também não sei quanto tempo aquilo demorou. A princípio ela protestou, queria uma de coelho, mas as bolinhas não deixaram a gente chegar lá, numa onda que não terminava nunca. Pat, por fim, acabou gostando da demora e subitamente ficou louca, abrindo-se toda e passiva para *Mr.* Hide, o macaco peludo, nosso avô. Tive que me equilibrar bem e fincar as garras de lado, quando ela começou a rebolar convulsivamente sobre o tapete. Parecia, me perdoem, uma máquina de fazer sacanagem, que consumia todo o meu gás. Para manter-me bem macho tive que arremessar meus pensamentos para longe, desligá-los do cenário e fixá-los nas coisas mais puras e assexuadas. Quando ela diminuía o ritmo, como se fosse afrouxar, os pelos de *Mr.* Hide lhe faziam cócegas e tudo recomeçava.

Pat foi quem levantou primeiro, sei lá quanto tempo depois. Tentei ajudá-la a vestir-se, apontando a lanterna para suas mãos, mas o vestido que ela pegara não servia. Fui à área de serviço e liguei a força. Quando voltei, a senhorita Alvarado vestia uma elegante saia amarela.

– Me arranje um papel – pediu.

– Pra quê?

– Pra embrulhar meu vestido.

– Aí tem um pedaço de plástico.

Ao vê-la ainda semidespida, ouvi o versinho "unda, eta, alho" e tudo quase se reinicia. Mas ela me empurrou com firmeza:

– Deixe disso, escriba. Não está satisfeito? Vamos embora.

Pat embrulhou o vestido no plástico e pegou a bolsa com o contrato.

– Não esqueceu de nada?

Ela então levou um bruto choque:

– E o anão? A gente esqueceu dele.

– Deve estar na piscina.

– Ainda?

– Ele não podia sair, lembra?

Pat disparou para o jardim, envolvida num inquietante silêncio. Tudo estava parado, deserto, irreal. Ela me olhou com uma espantosa expressão no rosto. Queria falar e não conseguia. Devia querer perguntar quanto tempo tínhamos estado sobre o tapete.

– Onde está ele? Vamos procurar na casa.

Olhei as águas quietas.

Não, Pat. Ele está lá embaixo.

– Como sabe?

– Olhe naquele canto. Ele está lá.

Pat não quis olhar. Olhou para a bolsa, onde estava o contrato.

– E agora?

– Vamos cair fora, senão vão acusar a gente de ter matado o anão.

A senhorita Alvarado correu logo para a porta principal. Girou a maçaneta dum lado e outro, aflita. Quando notou que a porta estava fechada, ficou aterrorizada.

– A chave está no bolso do robe, lá embaixo. Melhor assim. É a prova de que estava sozinho.

Obrigado, Max Pylon!

Voltamos ao jardim e pulamos o muro, muito baixo, quase decorativo, quando vimos o Mustang "sob as árvores gotejantes do parque de Liliput". A neblina nos escondia bem, isolava-nos na noite, mas Pat, a covarde, não se conteve e desatou a correr com a respiração descontrolada, os peitos pulando sem olhar para trás; eu, inimigo dos esforços físicos, tive que segui-la no mesmo ritmo de susto, embora exausto da batalha que travara sobre o tapete. Segurei a mão da vedete e corremos como doidos pelas alamedas desertas do aristocrático bairro, através de ruas, quarteirões, pracinhas, subidas e descidas. Com gotículas de orvalho no rosto e vendo as mesmas gotículas no rosto de Pat, corremos através do tempo também. Entramos num cemitério, repleto de crianças uniformizadas, com a pobre Belinha em pranto ao lado do papai, onde li uma verdadeira peça literária, o adeus ao ídolo da futurosa criançada desta jovem nação; vi o pequenino caixão descer à sepultura e o diretor-presidente dos Biscoitos Mirim chorar nos ombros do diretor-presidente da TV Ipiranga, e este por sua vez chorar no ombro do diretor-presidente do Ibope. Terminei o discurso cumprimentado pelas professoras do curso primário, e voltamos a correr, eu e Pat, numa paralela que se apartava.

Corri de volta à quitinete, aos sanduíches de mortadela e aos romances de Max Pylon. Corri de regresso ao ponto de partida para começar tudo de novo. E Patrícia, Pat, Patinha, "unda, eta, alho"? Acham que poderia esquecer essa música de inspirada composição de meu ex e querido chefinho, que não canso de exaltar? Pat também correu, e eu, correndo, corri a um aeroporto ensolarado, onde a vi novamente verdinha, resplandecente, em rumo aéreo à progressista cidade de Caracas, indócil na fita, mas segura pelas rédeas firmes de um empresário vigarista (Eh, Pat, olhe para cá), um tipo muito manjado na Boca (Pat, sou eu, escriba), mafioso escrachado nos jornais (Você vai voltar, Pat, jura que volta?) por quem, como fiquei sabendo mais tarde, a senhorita Patrícia Alvarado, minha gama, tara e cúmplice, era estupidamente apaixonada.

Adeus, Pat!

Adeus, Jujuba, mentor e delícia da criançada, a quem idolatrarei até meus últimos dias.

Bibliografia

LIVROS

CONTOS, NOVELAS E ROMANCES

UM GATO no triângulo (novela). São Paulo: Saraiva, 1953.

______. 3.ed. São Paulo: Global, 2010.

CAFÉ na cama (romance). São Paulo: Autores Reunidos, 1960.

______. São Paulo: Companhia das Letras, 2004.

ENTRE sem bater (romance). São Paulo: Autores Reunidos, 1961.

FERRADURA dá sorte? (romance). São Paulo: Edaglit, 1963.

O ENTERRO da cafetina (contos). Rio de Janeiro: Civilização Brasileira, 1967.

______. 4.ed. São Paulo: Global, 2005.

MEMÓRIAS de um gigolô (romance). São Paulo: Senzala, 1968.

______. São Paulo: Companhia das Letras, 2003.

O PÊNDULO da noite (contos). Rio de Janeiro: Civilização Brasileira, 1977.

______. 2.ed. São Paulo: Global, 2005.

SOY loco por ti, América! (contos). Porto Alegre: L&PM Editores, 1978.

______. 2.ed. São Paulo: Global, 2005.

ÓPERA de sabão (romance). Porto Alegre: L&PM, 1979.

______. São Paulo: Companhia das Letras, 2003.

MALDITOS paulistas (romance). São Paulo: Ática, 1980.
______. São Paulo: Companhia das Letras, 2003.
A ÚLTIMA corrida – Ferradura dá sorte? 2.ed. São Paulo: Ática, 1982.
______. 3.ed. São Paulo: Global, 2009.
A ARCA dos marechais (romance). São Paulo: Ática, 1985.
ESTA noite ou nunca (romance). São Paulo: Ática, 1988.
______. 5.ed. São Paulo: Global, 2009.
A SENSAÇÃO de setembro (romance). São Paulo: Ática, 1989.
O ÚLTIMO mamífero do Martinelli (novela). São Paulo: Ática, 1995.
OS CRIMES do Olho de Boi (romance). São Paulo: Ática, 1995.
______. 2.ed. São Paulo: Global, 2010.
FANTOCHES! (novela). São Paulo: Ática, 1998.
MELHORES contos Marcos Rey (contos). 2. ed. São Paulo: Global, 2001.
O CÃO da meia-noite (contos). 5. ed. São Paulo: Global, 2005.
MANO JUAN (romance). São Paulo: Global, 2005.
MELHORES crônicas Marcos Rey (crônicas). São Paulo: Global. (prelo.)

INFANTOJUVENIS

NÃO era uma vez. São Paulo: Scritta, 1980.
O MISTÉRIO do cinco estrelas. São Paulo: Ática, 1981.
______. 21.ed. São Paulo: Global, 2005.
O RAPTO do garoto de ouro. São Paulo: Ática, 1982.
______. 12.ed. São Paulo: Global, 2005.
UM CADÁVER ouve rádio. São Paulo: Ática, 1983.
SOZINHA no mundo. São Paulo: Ática, 1984.
______. 18.ed. São Paulo: Global, 2005.
DINHEIRO do céu. São Paulo: Ática, 1985.
______. 7.ed. São Paulo: Global, 2005.
ENIGMA na televisão. São Paulo: Ática, 1986.
______. 9.ed. São Paulo: Global, 2005.
BEM-VINDOS ao Rio. São Paulo: Ática, 1987.
______. 8.ed. São Paulo: Global, 2006.
GARRA de campeão. São Paulo: Ática, 1988.
CORRIDA infernal. São Paulo: Ática, 1989.

QUEM manda já morreu. São Paulo: Ática, 1990.

NA ROTA do perigo. São Paulo: Ática, 1992.

______. 5.ed. São Paulo: Global, 2006.

UM ROSTO no computador. São Paulo: Ática, 1993.

12 HORAS de terror. São Paulo: Ática, 1994.

______. 6.ed. São Paulo: Global, 2006.

O DIABO no porta-malas. São Paulo: Ática, 1995.

______. 2.ed. São Paulo: Global, 2005.

GINCANA da morte. São Paulo: Ática, 1997.

Outros Títulos

HABITAÇÃO (divulgação). [S.l.]: Donato, 1961.

GRANDES crimes da história (divulgação). São Paulo: Cultrix, 1967.

PROCLAMAÇÃO da República (paradidático). São Paulo: Ática, 1988.

O ROTEIRISTA profissional (ensaio). São Paulo: Ática, 1994.

BRASIL, os fascinantes anos 20 (paradidático). São Paulo: Ática, 1994.

O CORAÇÃO roubado (crônicas). São Paulo: Ática, 1996.

______. 4. ed. São Paulo: Global, 2007.

O CASO do filho do encadernador (autobiografia). São Paulo: Atual, 1997.

MUITO prazer, livro (divulgação – obra póstuma inacabada). São Paulo: Ática, 2002.

Televisão

Série Infantil

O SÍTIO do Picapau Amarelo. Roteiro: Marcos Rey, Geraldo Casé, Wilson Rocha e Sylvan Paezzo. [S.l.]: TV Globo, 1978-1985.

Minisséries

OS TIGRES. São Paulo: TV Excelsior, 1968.

MEMÓRIAS de um gigolô. Roteiro: Marcos Rey e George Dust. [S.l.]: TV Globo, 1985.

Novelas

O GRANDE segredo. São Paulo: TV Excelsior, 1967.

SUPER plá. Roteiro: Marcos Rey e Bráulio Pedroso. São Paulo: TV Tupi, 1969-1970.

MAIS forte que o ódio. São Paulo: TV Excelsior, 1970.

O SIGNO da esperança. São Paulo: TV Tupi, 1972.

O PRÍNCIPE e o mendigo. São Paulo: TV Record, 1972.

CUCA legal. [S.l.]: TV Globo, 1975.

A MORENINHA. [S.l.]: TV Globo, 1975-1976.

TCHAN! A grande sacada. São Paulo: TV Tupi, 1976-1977.

Cinema

Filmes Baseados em seus Livros e Peças

MEMÓRIAS de um gigolô. Direção: Alberto Pieralisi. Rio de Janeiro: Magnus Filmes/Paramount, 1970.

O ENTERRO da cafetina. Direção: Alberto Pieralisi. Rio de Janeiro: Magnus Filmes/Ipanema Filmes, 1971.

CAFÉ na cama. Direção: Alberto Pieralisi. Rio de Janeiro: Alberto Pieralisi Filmes/Paulo Duprat Serrano/Atlântida Cinematográfica, 1973.

PATTY, a mulher proibida (baseado no conto "Mustang cor de sangue"). Direção: Luiz Gonzaga dos Santos. São Paulo: Singular Importação, Exportação e Representação/Haway Filmes, 1979.

O QUARTO da viúva (baseado na peça *A próxima vítima*). Direção: Sebastião de Souza. São Paulo: Misfilmes Produções Cinematográficas, 1976.

AINDA agarro esta vizinha... (baseado na peça *Living e w.c.*). Direção: Pedro C. Rovai. Rio de Janeiro: Sincrofilmes, 1974.

SEDUÇÃO. Direção: Fauze Mansur. [S.l.], 1974.

Teatro

EVA, 1942.

A PRÓXIMA vítima, 1967.

LIVING e w.c., 1972.

OS PARCEIROS (Faça uma cara inteligente e depois pode voltar ao normal), 1977.

A NOITE mais quente do ano (inédita).

Biografia

Marcos Rey, pseudônimo de Edmundo Donato, nasceu em São Paulo, 1925, cidade que sempre foi o cenário de seus contos e romances. Estreou em 1953 com a novela *Um gato no triângulo*. Apenas sete anos depois publicaria o romance *Café na cama*, um dos *best-sellers* dos anos 60. Seguiram-se *Entre sem bater, O enterro da cafetina, Memórias de um gigolô, Ópera de sabão, A arca dos marechais, O último mamífero do Martinelli* e outros. Teve inúmeros romances adaptados para o cinema e traduzidos. *Memórias de um gigolô* fez sucesso em inúmeros países, notadamente na Alemanha, e foi também filme e minissérie da TV Globo. Marcos venceu duas vezes o prêmio Jabuti; em 1995, recebeu o Troféu Juca Pato, como o Intelectual do Ano, e ocupava, desde 1986, a cadeira 17 da Academia Paulista de Letras.

Depois de trabalhar muitos anos na TV, onde escreveu novelas para a Excelsior, Globo, Tupi e Record e de redigir 32 roteiros cinematográficos, experiência relatada em seu livro *O roteirista profissional,* a partir de 1980 passou a se dedicar também à literatura juvenil. Desde então, como poucos escritores neste país, viveu exclusivamente das letras. Assinou crônicas na revista *Veja São Paulo*, durante 8 anos, parte delas reunidas num livro, *O coração roubado*.

Marcos Rey escreveu a peça *A próxima vítima*, encenada em 1967, pela Companhia de Maria Della Costa; *Os parceiros* (*Faça uma cara inteligente, depois volte ao normal*), e *A noite mais quente do ano*. Suas últimas publicações foram *O caso do filho do encadernador*, autobiografia destinada à juventude, e *Fantoches!*, romance.

Marcos Rey faleceu em São Paulo em abril de 1999.

LEIA TAMBÉM

A última corrida
Café na cama
Entre sem bater
Esta noite ou nunca
Malditos paulistas
Mano Juan
Melhores contos Marcos Rey
Melhores crônicas Marcos Rey
Memórias de um gigolô
O cão da meia-noite
O caso do filho do encadernador
O enterro da cafetina
O pêndulo da noite
Ópera de sabão
Os homens do futuro
Soy loco por ti, América!

GRÁFICA PAYM
Tel. (11) 4392-3344
paym@terra.com.br